U0956411

译文纪实

# 女性たちの貧困：
## “新たな連鎖”の衝撃

[日] NHK特别节目录制组 合著　　李颖 译

# 女性贫困

上海译文出版社

# 前言 “哪里还有什么理想啊”

“我哪里还有什么理想，若硬说有的话，那就是想摆脱现有的困境，过上不为吃穿发愁的日子吧！”

这是一个十九岁女孩的心声。她生长在一个贫困家庭，靠着时薪较高的早晚时段零工维持家用，同时还在函授高中读书。

我们对于在年轻女性中日益严重的经济贫困问题进行了采访，并于今年（2014年）1月在《Close-up现代》节目中以“看不见明天——越来越严重的年轻女性之贫困”为题播出。她们有的虽然正值青春，却因为贫困而不想结婚生子；有的是独自抚养两个孩子的单身妈妈，因为精神上和金钱上都孤立无援，所以偶尔会担心万一自己有个三长两短该怎么办。不过，她们当中的大多数人尽管经济拮据，但在服装和发型上却颇下工夫，因此乍看上去跟普通女性没什么两样，完全想象不出她们生活贫困。

于是，无法从贫困中挣脱出来的单身妈妈们转而向色情业讨生活，为了满足这些女性的需求，有些夜店（“夜店”一词有多种含义，但本书中特指性交易场所或部分以性交易为目的的场所，下同）甚至还设置了托儿所、宿舍等设施，夜店和卖春女性之间相互形成了一种依赖关系。令人觉得讽刺的是，在政府的行政援助顾及不到的地方，色情业竟然成了她们的救命稻草。

被专家们称为“社会保障的溃败”的这些现实引起了社会极大反响，节目组的网页点击量骤增到六十万次，是平时的七十倍。

“我的情况完全一模一样啊！”

“在这种情况下，不可能去生孩子啊！”

节目播出后，收到的留言也都是同年龄段女性类似的声音。

NHK特别报道《穷忙族》播放至今已经过去了八个春秋，它为现代社会广泛存在的贫困问题敲响了警钟。年轻女性今后是社会的支柱、是未来孩子们的母亲，这一群体身上究竟发生了什么？带着这个疑问，我们开始了《Close-up现代》的续集——NHK特别报道“女性贫困——代际传递效应”的采访。

“任何时代都有贫穷的女子啊。”

“单身妈妈不是她自身的责任吗？”

“女性不管怎么玩，最后结婚靠老公养活就行了，又没有责任，多轻松！”

这些话都是我在节目播放中和之后所听到的。我不得不怀疑说这些话的人是否好好观察过现实。在调查过程中我们采访了各行业的专家，并得到了详细数据。其中有的专家指出：“现在高学历女性的就业选择范围确实有所扩大，但是低学历女性的工作机会反而更少了。”

工厂迁到国外导致生产组装的工作没有了，信息化和业务外包导致会计的工作也减少了，而接收这些求职女性的服务行业又忙于降低人工费。正是这种产业结构的变化，迫使那些没有高学历和技能的女性陷入贫困。

对于不了解实际情况的人而言，这种无情的话说起来很容易。正因为如此，这次我们在深入调查的同时，尽量以数据来展示它的影响。

当然，贫困问题并不只限于女性，然而长期以来所形成的男性优先的企业文化，导致大多数女性无论是在就业机会还是在待遇方面都处于不利地位。这一点是毋庸置疑的。而且随着晚婚的普及，一些女性不得不用曾经被视为“零用钱”的收入来维持生计。

如果对这些穷困潦倒的女性置之不理会对社会产生什么样的影响呢？通过采访我们深切体会到的是“贫困的代际传递”的严重性。因为种种原因而成为单身妈妈的女性，在得不到足够经济援助的情况下，会将贫困传递给下一代。贫困家庭长大的孩子，在踏入社会时就输在起跑线上，所以有些人无论怎么挣扎也无法摆脱贫困。我们目睹过很多这样的案例。

2012年日本儿童贫困率达16.3%，单亲家庭的贫困率达54.6%，两者同为发达国家之最。针对这种情况，政府也不是毫无举措。继去年出台了将预防儿童贫困视为国家和地方政府义务的《儿童贫困对策法》之后，今年8月内阁会议还通过了实施纲要，其内容主要有四大项：一、扩充奖学金和增加课后辅导等教育援助；二、为退出福利院的儿童提供住所，保障监护人的最低生活标准，提供生活援助；三、协助监护人实现就业；四、提供低保和儿童抚养补贴等维持生计的经济支援。今后我们将继续关注具体的实施动向。

“不是不想生孩子，是没有条件生孩子呀。”

节目结束后，我们收到了刚步入社会的女孩们的反馈。这次的调查采访主要是想要揭露女性真实的贫困状况，但问题不仅如此。大部分工作稳定的高学历女性也要面临一个问题——怎样才能工作和生孩子两不误。随着越来越多的女性踏入社会，她们将面临着“是继续工作还是生孩子”的选择。这种烦恼直接影响到未来日本社会的走向。现今社会里“女性不管怎么玩，最后结婚靠老公养活就行了”的这种想法已经根深蒂固。这种意识不仅限于贫困问题，它可以说是各种女性相关问题的共同症结。

在文章开头介绍过的那个女孩，为了摆脱生活困境，立志做一名幼师并已考入了大专，她的学费都是靠贷款奖学金来支付的。虽然前路依然困难重重，但是她没有丢弃希望，这对于我们来说是件令人欣慰的事情。对于那些身处窘境却不放弃希望、继续挣扎着寻找出路的年轻女性，我殷切地期望本书能够助其一臂之力。

NHK报道局科学文化部副部长　户来久雄

# 目 录

# 第一章　看不见的贫困

村石多佳子

（NHK 报道局　记者）

## 一直被认为是与“贫困”最不沾边的存在

迄今为止还没有人将“年轻女性”与“贫困”一词联系在一起。

对于女性来说，十五六岁到二十五六岁，正是人生最为耀眼的一段时光。外表光鲜靓丽，大部分人几年后就会结婚并过上安稳的日子——人们都有这种感觉。从这种感觉出发，人们一般都认为年轻女性与“贫困”是最不沾边的人群，但是在现代社会，已经有人指出了年轻女性背后“看不见的贫困”。

因为我们以前有过采访儿童虐待问题的经验，因此这次电视台决定让我们来负责采访贫困女性。

在日本，每年有五十名左右的儿童被虐待致死。厚生劳动省的专家团队每年都进行相关调查。根据调查报告书，导致儿童死亡的凶手中，孩子的亲生母亲占比超过70%（根据2014年社会保障审议会第十次报告）。

在虐待致死儿童的家庭经济情况中，低保户和非纳税家庭占35%。从孩子生母的就业情况来看，无业者超过70%，临时工、合同工占20%，全职职工不到10%①。

从统计数据可以看出，父母因素导致的不安定家庭环境正在对孩子们产生不良影响，相关因素包括父母因离婚或未婚而成为单亲、年轻且没有经济来源、无业或者仅是临时工等情况。

每当发生儿童被虐身亡的事件，新闻就会大肆报道事件的惨状，网络上则骂声一片，说孩子的母亲是"魔鬼"、"灭绝人性"。虽然谴责加害者是可以理解的，但如果仅把它当作个别人因为自身原因而酿成的惨剧的话，就不能防止类似惨剧再度发生，也不能从根本上解决问题。

正在培育下一代和今后将为人母的年轻女性们究竟处于一种怎样的经济环境和就业环境呢？如果女性的生存环境不稳定，那么她们的孩子又怎么会健康成长呢？

此外，除了虐待致死，在我们看不到的地方，还有很多孩子正在遭受着不恰当的对待。因此我们更应该关心那些不能在稳定环境下养育孩子的年轻妈妈们究竟面临着何种困境。

恰好2011年国立社会保障与人口问题研究所的阿部彩女士公布了一个数据，称处于工作年龄段的二十岁到六十四岁单身女性，三个人当中就有一个陷于贫困。迄今为止有很多关于单身妈妈贫困的统计，但是关于单身女性贫困这么直奔主题的

---

① 日本的雇用形态分为正式雇用与非正式雇用。正式雇用是终身雇用，工资月结，有不菲的退职补偿，但加班较多。非正式雇用主要分为合同工、派遣工和临时工。合同工多为全职，有福利保险，没有退职补偿，工资远低于正式职工。派遣职工一切福利保险和找工作事宜由劳务派遣公司承担。临时工主要指按时间或者件数计算的非全天在岗的零工，公司不负责福利和保险。中文"临时工"一词有比较广的含义，本书中特指零工。——译者

数据还很罕见。那么这个数据所说的，三个人当中有一个属于贫困状态的女性，她们的实际生活状况到底是什么样的呢？我们打算把这一切具象化地展示给观众。

## 家务、打工、自缴学费的重担——十九岁的友美

开始调查后不久，我们就遇到了十九岁的友美。

打扮有点像男孩子的友美很腼腆，轻易不言语，显得比实际年龄更加稚嫩。但是她对于被问的问题都能认真回答，并遵守约定时间，可见她是一个做事有准则的女孩子。

她在单亲家庭长大，爸爸在她上小学一年级的时候去世。现在她和年过四十的母亲以及两个妹妹，一家四口住在政府公租房里。

友美中学毕业后考上了四年制的函授高中，我遇见她的时候，她即将高中毕业，正在考虑今后的升学出路。

友美的母亲在煤气公司的客服中心工作，但患有慢性病，有时会因身体不适而卧床不起。因此家里收入不稳定，生活窘迫。

为此，从一开始友美就没打算跟母亲伸手要生活费和学费。所有的学费都要靠自己，她只能在自己经济能力范围内择校。

上高中后，友美就已经开始到便利店打工挣钱。为了控制工作时间以便兼顾学业，她将在便利店的收入设定在平均每月五万元左右。而到了暑假等较长假期时，她就选择在时薪较高的早晨和晚上一天打两次工。

这部分钱主要用于支付自己的饭费、电话费和学杂费等。为了给母亲分忧，她每月还会从这紧巴巴的收入中拿出一万日

元贴补家用，替妹妹交电话费或借钱给母亲。

因此她几乎没什么存款，有时发工资前连电话费都交不起。每月都有几天电话会被停掉，每当这时她都会事先告诉我："从今天开始手机不能用了，有事请跟我母亲联络。"

在家里，长女友美是主要劳动力。从中学开始她就在姐妹中带头洗衣做饭、打扫卫生。进入高中以后，上学、打工、干家务的轮番作战让她体力透支，很多时候都是将便利店不要的盒饭领回来给妹妹们当晚饭。我问到除了这些盒饭以外还吃什么，她说："有时吃方便面，有时买点面包凑合一下。"打工的工作很辛苦，回到家往往已经筋疲力尽，所以更想早点睡觉，吃饭已经不是首要的了。她一天的饭钱控制在五百日元左右，很多时候一天只吃一顿。

友美同时也是妹妹们的精神支柱。在妹妹还是小学生的时候，学校有事情都是跟友美联络；妹妹生病时，她还会跟自己学校请假来照顾妹妹。上中学的妹妹因为在学校受到欺负而拒绝上学，现在在当地专为不上学的孩子开设的"自立援助教室"里学习。对于妹妹的事情友美非常挂心，为了不让妹妹感到孤独，从学校或打工回来的路上，她经常去那里探望。

## 我的理想是能过上普通家庭的生活

其实友美还有一个比她大四岁的哥哥，中学时曾跟友美一起分担家务。

但不久前，哥哥离开家一个人过了。她的哥哥也在便利店打工。也许是积累了对生活太多的不满，在离家之前的那段时间，他经常大发雷霆。友美的家中现在还留有当时的痕迹——

尽管已是寒冬，厨房内被踢碎的窗玻璃依旧残缺不全，冷风不断从那里吹进来。

我问友美是否会像哥哥一样，高中一毕业就离家独自生活，她当即就回答道："我从没想过要离开家，妹妹还小，我也离不开家人。" 友美的这种口气说明她已经在无形中把自己当成这个家庭的支柱了。

我问友美她理想中的生活是什么样的，她沉默了一会儿，仰望天空说道："哪里还有什么理想啊……我最想要的就是能够摆脱现在的状态，不用为了打工而起早贪黑，早上能够正常时间起床、上班，傍晚按时回家。希望越大，失望就越大。我只要偶尔感到小小的幸福就够了。"

她的理想只是过上普通家庭的生活。她那被日常生活所驱赶、已经无力去展望未来的眼神给我留下了深刻的印象。

## 父亲的突然离世使一家五口沦为单亲家庭

友美的母亲年近五十，在煤气公司的客服中心负责接电话。工作分为白班、夜班和几天一次的住宿值班，非常辛苦，而且还是临时工。

丈夫还在时，她不用外出工作，主要料理家务。丈夫突然离世以后，因为与夫家的亲戚关系不洽，她领着年幼的孩子们搬到了别的地方。对于母亲来说，她不仅是毫无征兆地突然成为单身妈妈，就连居住环境也发生了天翻地覆的变化。培养四个孩子的担子压在了她的肩上。未婚时虽然上过班，但之后十几年一直做家庭主妇，再次回到社会工作，母亲当时的心情可想而知。

像友美家这样，作为顶梁柱的男主人因为生病、事故等原因去世或无法工作的案例随时都有可能发生。结婚后回到家庭、长时间脱离社会的女性，想要再次踏入社会并非易事。她们既没有劳动所必须的信息和技术，也跟不上时代变化，重新适应需要很长时间。

友美的母亲通过支援单亲家庭就业机构的帮忙接受了职业训练。她所学的是婚礼策划，听了半年的讲座之后，她考取了资格证书。但是她没有找到合适的工作，职业训练并没有与就业关联起来。母亲回忆说，找工作时最大的问题是自己年龄超过了三十五岁，而且孩子都还小。她感叹道："虽然上班的年轻女性也很辛苦，但是三十五岁到四十几岁的单身妈妈完全被各种工作机会排除在外啊！"

创造女性可以边工作边照顾孩子的环境，这还只是一厢情愿的梦想。在工作面试时，雇用单位提出不能因为孩子的事情突然请假，单身妈妈们不得不另寻他处，这样的事情除了这次采访以外我们也多有耳闻。很多单身妈妈周围没有可以托付孩子的人，所以孩子一旦生病发烧就不得不请假。但是，能够体谅单亲家庭这种情况的工作单位为数不多。

友美的妈妈也碰到过这种钉子。她原本想当正式工却没被录取，只能出去卖保险，打打零工。由于收入不稳定，即使加上单亲家庭补助，生活也十分拮据。

非正规的工作一般是按时计算工资，停下来了工资就会减少，而且很难享受到与正式职工同等的福利待遇。

## 为成为幼师，每月贷十万日元助学金

从第一次采访后，时隔半年我们再次见到友美。她高中即将毕业，为了今后能成为一名幼师，她决定报考幼师专科学校。

她原本想成为牙科护士，但由于学费太贵放弃了。因为自己很喜欢照顾小孩子，最后选择了幼师的道路。“如今经常听新闻说缺幼师，而且幼师将来生完孩子还可以再回来上班。”这是友美综合考虑后做出的选择。

从4月份开始，友美将从家骑自行车去听幼师专科学校的夜间课程。夜间课程是入学金①只需五万日元、对于家庭经济困难的学生有所优惠的课程。虽然入学金便宜，但是每月的学费需要八万日元。

为了交学费，友美除了打算打双份工赚钱以外，还不得不利用学校提供的助学金。助学金分为有息和无息两种。友美的助学金是有息的。贷款金额可从每月三万、五万、八万、十万和十二万中选择。刚开始友美想贷五万日元，不够的学费靠打工来填补。

助学金属于贷款，毕业工作后每月要加上利息偿还。男女都计算在内，现在幼师平均工资是每月二十一万三千日元多一点，年收入在三百一十万左右（根据2013年工作情况基本统计调查）。与普通企业人均的四百一十四万日元（根据2013民间工资实态统计调查）相比，幼师的平均年收入少了一百多万日元。

很多女性都立志成为幼师，但这份职业工作责任的重要性及所付出的体力均与工资不成正比。因此靠这点微薄的工资每月偿还贷款，负担不可说不沉重。

无法决定贷款金额的友美与母亲商量了一下。母亲说：“上

---

① 日本大学的费用分为入学金和学费两种。入学金是一次性费用，学费按学期缴纳。——译者

学后各种交际也多了，因为自己没有钱而与朋友疏远也不太好。剩下的钱不要花，把它们存起来，不要过得太拮据，还是借十万日元好了。”

在旁边听到母女的对话，我为友美感到深深的担忧。事实上考虑到幼师的待遇，即使是工作了，将来生活也不一定宽裕。对于很多本科毕业生来说，一边工作一边还助学金也是一个不小的负担。

我谈到这些事实，并提出了忠告，但最终她还是决定贷款十万日元去上学。

## 教育机会和学习意愿均被剥夺的贫困家庭

年仅十九岁的友美在家庭中扮演着各种角色。面对记者的采访，她表情不多、非常淡然。只希望像普通人一样生活的友美，为了生存几乎竭尽全力，学校也是靠一己之力争取来的，将来还要负债去上学。

在现实生活中，贫困家庭的孩子比起一般家庭不得不缩小升学的选择范围。即使有各种专科学校、短期大学和本科的选项，他们也拿不出这笔费用。贫困家庭的孩子们在各种意义上失去了受教育的机会。友美也是其中的一员。我看了她中学时代的影集，在林间夏令营、毕业旅行等需要花钱的学校活动中都看不到友美的身影，因为经济上的原因，这些活动她都无法参加。

此外，在单亲家庭里，孩子要负责家务、补贴家用，很多人根本就没有余力来学校。友美就是没有考上想要去的普通高中，不得已只能进入函授高中的。据友美说，在这所函授高中里很多朋友的境遇跟自己一样。

据说在非全日制和函授制的高中里，学生的学习能力和听课态度都很成问题。这些所谓的“老大难”学校的学生，大部分家庭条件不好。实际上在这次采访的东京近郊的这类学校里，我们发现他们五人当中就有一人是低保户家庭的孩子。老师们也都深切体会到学习能力与经济条件的密切关系。

我就曾遇到过这样一个女孩：为了补贴家里，她在饭店打工到半夜；早上起不来就旷课；学习跟不上，连毕业都成问题。像他们这样的人不少在毕业之前中途退学。他们的家人往往对教育和学历的重要性认识不够，也不进行劝阻，很容易就听之任之。

通过这些我们可以看到这样一个事实：经济状况不稳定家庭里的孩子们正陷入恶性循环的漩涡里，在它背后就是贫困的固化。

**最困难的是斩断来自父母的精神枷锁**

为了斩断贫困的传递链，各地积极实施了针对贫困家庭孩子的帮扶对策。

对于交不起私教费的低保户和经济困难的孩子，不少大学生和退休教师开展义务教学，并在各地广泛开设免费学习教室，其中大多数机构志在让这些孩子们考上高中。在本科毕业生都很难找工作的今天，中学毕业生的情况可想而知。最终学历直接关系到就业，低学历是被社会排斥的主要原因。为了经济独立、摆脱贫困的固化，至少要帮助他们考上高中，并拿到高中文凭。

在有的“老大难”高中里，考大学的人不到一半，一半以上的人毕业后选择工作。在这些学校，保障学生们的就业也是任务之一。据负责升学指导的老师说，为了他们的将来，以前即使是贫困家庭的孩子，学校也会劝他们贷款上大学。但是现在考虑到还贷给毕业后的人生造成的负担，学校已经不会刻意鼓励他们考大学了。

有的学校校长会亲自到当地中小企业去访问，拜托他们雇用本校学生。另外，为了让公共职业安定所介绍的企业雇用本校学生，有的学校还配有就业支援人员，从个人简历的写法到面试的细节对学生进行详细指导，这一措施颇见成效。在现实中，“老大难”学校不仅提供教育，还提供了福祉。

无论什么措施都是为了让孩子们不脱离社会，尽力组成一个从学校到社会的安全保护体系。

但是，为切断低保户孩子贫困代际传递而进行的援助工作很难让当事人顺利接受，这使工作人员常常陷入进退两难的境地。孩子们从小就看见父母即使不劳动也有一定收入，因此不明白为什么要工作。所以必须从一开始就要告诉他们劳动的意义，激发他们的劳动意愿。

另外，即使他们顺利找到工作并有了固定收入，也很难逃脱来自父母的精神支配，据说有不少父母竟然阻止孩子们自立。他们有的指望靠孩子的收入过活，有的甚至为了阻止孩子离开自己而故意破坏孩子与支援人员的关系。只有断绝这种来自父母的控制，特别是经济上的关系，才能让这些孩子迈出摆脱贫困的第一步。

但是援助人员说这一步难度是最大的。虽然他们积极劝说孩子们必须跟父母保持一定的距离，但子女还是难以置父母于不顾。独立之路究竟要怎么走呢？在实际工作中，让孩子们理解亲子分离的重要性要费相当一番口舌。

## 社会应善待努力奋斗的年轻人

友美给我看了她父亲健在时的家庭合照。父亲结婚较晚，因此对孩子格外宠爱。照片是亲戚聚会时拍的，父亲面前的桌子上摆满了高级菜肴，孩子们围绕在身旁，幼小的姐妹们笑容满面。这是一张看起来非常幸福的全家福。

然而几年后父亲去世。工作、家务、育儿，所有的事情都压在母亲一个人身上，母亲很快心力交瘁。渐渐地，她失去了做家务的意愿，把所有的家务都交给了孩子们。可对于还是中学生的友美兄妹来说，要扛起所有家务是不现实的。

不知不觉地，家里变得一片狼藉，房间里也一塌糊涂。第一次到友美家采访时，我的感觉是这里的时间是静止的。这个家里的人无力展望未来，每天疲于奔命，家庭整体没有向前的希望……失去父亲这样的顶梁柱在每个家庭都有可能发生。社会机器中一个齿轮的变化可以轻而易举地制造出贫困来。

4月份，友美如愿升入了专科学校，为取得幼师资格而继续努力学习。

进入学校不久，友美就将打工地点从便利店换成了大型牛肉饭连锁店。这家店曾因劳动时间过长等苛刻条件而引发过劳资问题。为此，今年9月份该店不得不缩短深夜的营业时间，看到这则新闻，友美的脸上露出了笑容。

像友美这样的年轻劳动力是日本企业的重要支撑力量。她早上5点前出门，上完早班后再去上学。在太阳还未升起的灰蒙蒙的天色中，目送着她远去的背影，我强烈意识到为了这样努力奋斗的年轻人，我们应该创造出劳有所获的社会机制。

# 第二章　非正式雇用

村石多佳子

（NHK报道局　记者）

宫崎亮希

（NHK报道局社会节目部　导演）

## 年收入未满两百万日元的年轻女性合同工多达两百八十九万人

两百八十九万人。这是年收入不到两百万日元的年轻女性（十五到三十四岁）合同工的人数。

思考女性贫困问题时，我们无法回避雇用问题。非正式雇用问题一直在加剧。在全部在职者中，非正式雇用者占38.2%以上，现在即使对于男性来说，这也是一个很迫切的问题。但是，在非正式雇用者中女性占70%，虽然这当中包括了那些跟父母或丈夫住在一起、只想赚点钱贴补家用的女性。然而，也有些女性，没有父母可以依靠，或者处于离异状态，她们必须用这点微薄的收入维持生计。有数据显示，非正式雇用的时间越长，就越难以转变为正式职工。

女性幼时靠父亲、出嫁靠丈夫、老了靠儿子这样的时代已不复存在。尽管如此，从单亲家庭里长大的年轻女孩、单身妈妈和贫困率最高的高龄女性的现状中，我们仍然可以看到一旦“失去男人”，女人的生活水平就一落千丈。

《生活保护法》、从2015年开始实施的《生活贫困者自立援助法》以及《儿童贫困对策法》等帮助人们克服贫困的立法本来就已经多种多样。这些法规都在力推的综合政策就是所谓的“就业援助”。贫困在逐渐扩大，而用于社会保障的财政收入有限，这样的做法也是必然趋势。但是如果不能真正解决女性在劳动市场的弱势地位的话，就不得不让人怀疑这些就业援助是否真能奏效了。

在节目采访过程中，我们遇到了很多以合同工身份维持生计的女性(即使是正式工，2013年女性的平均年收入也才三百五十六万日元，而男性则为五百二十七万日元)。既不涨工资也没有升职，说不定什么时候合同就被中止了，而女性只能选择这种不稳定的工作来勉强度日。让我们一起来正视一下她们那每一刻都如履薄冰的生活吧。

## 冀望高中毕业证、夜总会里的单身妈妈——二十七岁的美纪

虽然未能用摄像机记录下来，但是有一位女性让我始终难以忘怀。她叫花田美纪(化名)，今年二十七岁，与女儿一起住在东海地区。我们是通过一间函授学校的介绍认识的，该校的学生主要是那些想要报考护士学校的人。

听说在报考护士学校的女性中，很多人是因为离婚带着孩子，所以想要寻找护士这样的稳定工作。特别是对于要照顾孩子的女性来说，比起特地上补习学校学习技能，还是在家里函授学习更方便吧。凭着推测，我冒昧找到了一家中等规模的函授学校。

“你是要找生活艰辛的女性吗？那要多少有多少啊！”了解了我的来意后，校长先生立马就答应下来。很多女性为了改善眼前朝不保夕的生活，想要考取真正能“吃饱饭”的护士资格，即使是函授课程，教材费也要几十万日元。她们当然没有能力一次付清，很多人都要分好几年支付，有的人甚至想要分期付款也无法实现，因为她们已经上了信用卡公司的黑名单。为了将来，她们全都是从少得可怜的生活费中一点一点地忍痛挤出学费。

花田美纪也是其中的一员。

她住在一栋破旧三层租赁公寓的一室户中，所在的城市临海，离东京大约两个多小时车程。

“孩子现在在我妈那儿，请随意坐。”迎接我们的美纪说。

她看上去青春靓丽，宽松的连帽衫加上短裤，妆容精致。完全想象不到她的孩子已经上小学了。

也许是嫌打扫起来麻烦，客厅略显凌乱，但也没有什么特别的地方。隔着小桌席地而坐，我和美纪谈了将近两个小时。对于采访她并没有面露难色，反而好像已经看开了一切。

从出生到现在，美纪从来没有离开过家乡。初二的时候她就开始变得不爱学习，渐渐成了差等生。虽然还是上了高中，但因为体会不到上学的意义，她在高一下学期就退学了，之后靠在快餐店和夜总会打工养活自己。

快到二十岁的时候，她怀上了男友的孩子。男友比她大十岁，没有固定工作，而且之后不久，美纪又发现男友有几百万的负债。在这种情况下，对于能否把孩子养大，美纪也深感不安。可是在孕检时通过超声波看到宝宝健康可爱的小模样后，她还是决定把孩子生下来。男友因为美纪怀孕的关系，向她保证今后会踏实工作。最终，她相信他会为她们母子负责，决定与他登记结婚。美纪的父母为他们出了租新房的押金和搬家的费用。

但是孩子出生后，丈夫的生活态度并没有改变：三天两头失业不说，还没日没夜地打老虎机，最后一家人穷得连水、电、煤气费都不能按月缴纳。原本打算专心做家务和照顾孩子的美纪不得不回到原来工作过的夜总会重操旧业，但是就连这仅有的一点收入也会马上被丈夫挥霍一空。

对于丈夫已经绝望的美纪决定离婚。她也曾想过起诉丈夫，要求其支付精神补偿费和孩子的抚养费，但从丈夫的收入来看，美纪能领到的钱根本不值得她打一场官司。于是她决定和丈夫一刀两断。

她开始想得比较简单：只要找到一份正式工作，收入足以让孩子学点业余爱好就行。可现实是，没有一家公司愿意招聘一个高中没毕业还带着孩子的女人。

“我去面试了不知多少家公司，每天都在面试。我说孩子万一生病了，父母会来照顾，可是没有人相信。”

经过三个月的求职，美纪找到了在一家塑料加工厂做办公室文员的工作，月收入十三万日元左右，每个月上下有浮动。养老金和医疗保险公司不负责不说，连每天开车上班四十分钟产生的油费也不报销。待遇绝不能算是理想，但公司能雇自己已经是谢天谢地了。

每月的工资加上儿童生活补贴，生活捉襟见肘。美纪还需要更多的钱，于是她只能每周到夜总会打几天工。至少要让孩子读到高中，所以要攒够今后的教育费用。此外，对于要报考护士学校的美纪来说，首先要战胜的是曾被称为“大检（大学入学资格检定考试）”的高中同等学力认证考试，拿到合格证书。为了这个考试，美纪已经分期付款购买了约三十万日元的教材。

“我万万没想到从高中退学会让我付出这么大的代价。我的希望就是有一天当孩子有想要做的事情，我能够不用在意钱，大大方方地让她去做，因此我必须得到护士这份工作。”

“我做不到，我已经什么都不想去想了。”

夜总会晚上有排班的日子，对美纪来说就是白天黑夜连轴转。傍晚办公室文员的工作结束后，要回家做晚饭。给孩子洗完澡，美纪再穿上夜总会用的公主裙，化上浓妆，把孩子送到父母家，然后去上班。夜总会的工作有时到凌晨三点左右，算起来美纪在夜总会工作的那几天二十几个小时都不能合眼。

“因为要开车，所以我不喝酒。但是自己清醒的话，看到喝得酩酊大醉的男人会感到格外厌恶，好想早点辞掉夜总会的工作。”

美纪的衣柜里挂着好几件公主裙。想象她穿着夜总会的公主裙送女儿去娘家的画面，让人觉得心里有一种说不出的滋味。而且这种不眠不休的工作方式透支了她的身体，结果就是那像小山一样堆在餐桌上的药口袋。自从离婚后她就一直在看精神科，最初的症状是失眠、头晕以及全身出现原因不明的荨麻疹，随后她被诊断为恐慌症。这种病会导致突然的心悸和呼吸困难，无法从床上坐起来。最近一年病情尤为严重，最困难时她休息了将近一个月。

房间的角落里，为考试而买的教材依旧躺在纸箱中。美纪已经意识到，以她的状态，成为护士是奢望了吧。无论怎么努力都无法得到稳定的生活，这个残酷的现实给美纪的内心造成了沉重的打击。

在采访单身妈妈的过程中，能明显地感觉到很多女性离婚后身心状况都不好，其中以精神上的苦痛居多。日夜操劳所带来的疲惫，非正式雇用或派遣员工的身份让她们对未来忧心忡忡，再加上没有能力给孩子更多关爱带来的负疚感。每次听到这些母亲的心声，我都对女性独自抚养孩子的艰难感到惊讶。而且在这些女性中，有的人在被采访后又会再一次陷入情绪低谷。不少人因为接受采访的关系，不得不揭开过去的伤疤，同时面对将来的巨大压力。

“您有没有想过，没有孩子可能会过得更轻松呢?”我问了一个很失礼的问题。“不会。正因为有孩子我才能努力到现在，我从来就没有想过如果没有孩子这种事。”美纪平静而坚决地答道。

采访后我们再三请求她，我们想通过电视节目让更多的人知道有像她这样的女性存在，她回复说:“我做不到，我已经什么都不去想了。”这是她发给我们的最后一封邮件。

## 转正的高墙——年过四十的晴美

关于隐藏在女性贫困背后的非正式雇用问题，如今我们仍在继续追踪调查。

最近在采访中遇到一位女性，她无意间的一句话让我难以忘怀。她是住在近畿地区的佐佐木晴美(化名)，四十出头，我们相约在一家新商场内的咖啡厅见面。她是位单身妈妈，有两个儿子，分别上初中和高中。据说她毕业于国立大学，托业考试有过八百多分的好成绩，结婚前曾是一家上市公司的正式职工。

由于丈夫的工作调动，晴美不得不离职当上了家庭主妇。然而生完孩子后，她却受到了丈夫严重的精神虐待。丈夫经常骂她“明明就是靠我养活”、“才没有公司要你呢”。最后丈夫要求生活费亲自管理，并把钱都投到股市，赔光后他们沦落到了靠借贷过活的地步。（补充一句，采访单身妈妈时，她们多数会讲到前夫。很多人不仅对妻子实施身体和语言上的暴力，而且连孩子的抚养费也分文不出，颇令人震惊。）晴美的丈夫在外面是个老好人，但在家里就完全是另一副模样，晴美精神崩溃，最后不得不去看心理医生。

晴美一直忍气吞声地过了将近十年，最终在她父母的劝告下离婚，带着孩子回了娘家。然而晴美的父亲身患癌症，经济上没有能力帮助她，所以离婚后晴美很快就开始找工作。她英语流利，本想靠这份技能找份工作，但是事与愿违，在人才派遣公司帮助下才找到了一份客服的工作。为了换一份更有前途的工作，她又到了一家贸易公司做办公室文员，合同是三年一签。

新单位的工作内容与正式职工没什么两样，有时反而责任更重，还不能拒绝加班，然而收入却不及正式职工的一半。晴美对于这种待遇感到疑惑，问上司是否能够转成正式职工。可是上司尖酸地说：“正式职工都是考进来的，你有接受SPI（即性格特征综合检查）考试的能力吗？不过是在这干了几年，就想成为正式职工，这不公平吧！”

之后晴美又受到了另一个上司执拗的排挤，被迫离职。现在她在另一家公司做贸易文员，合同是三个月一签。工作虽然比以前轻松，但即使做再多年，英语水平也不会提高，而且还要担心合同能续签到什么时候。每天她都深切地体会到自己只是一个廉价劳动力。

“我别无选择，只能拿那些比自己更惨的人来自我安慰。如果前途有望，再苦我也能坚持下去。然而现状却是不管条件多么苛刻，为了生存只能选择默默忍受。说到底这个国家就是靠这些能吃苦耐劳的女人支撑的啊！”

**将女性封闭在贫困里的社会结构**

在非正式雇用情况下，无论怎么努力，生活水平也不会得到提高。非正式雇用今后还会成为趋势并固定化。应该如何处理将如此多女性围困起来的非正式雇用魔咒呢？在思考如何克服女性贫困之前，我觉得应该先解决这个问题。

很多人认为离婚和生子都是个人选择，贫困是个人不够努力的结果，这些说法也不是没有道理。但是即便对于一般国民来说，改善女性的待遇也是非常有价值的。这些女性有的作为母亲愿意为了孩子加倍努力工作，有的有强烈劳动愿望或熟练技能，可以说是国家的资源。为了支撑这个少子化、高龄化的社会，与其将女性作为廉价劳动力使用，扣上紧箍，远远不如让她们充分发挥自身能力过上自立的生活。

**本科毕业又如何——二十四岁的小爱**

大学毕业后再找工作是很困难的，这个认识已经相当普及了。从大学毕业生毕业后的状况来看，正式就职人数为65.9%（日本文科省2014年学校基本调查速报值）。

在经济逐渐回暖的状态下，找工作难的问题也有所缓解。但是临时工加上既没有就业也没有升学（即没有稳定工作）的人数仍然超过十万，占整体毕业生的18.6%。同时，一方面十八岁升入大学的人数在减少，另一方面大学的数量却在增加，迎来了所谓的“全员入学时代”。目前高中毕业后的本科升学率为48.1%，也就是说两个人中就有一个进入大学。但现状是即使上了大学，也未必能找到稳定的工作。通过在大学工作的朋友介绍，我认识了二十四岁的小爱（化名）。她两年前毕业于关东地区的一所本科学校，我们相识的时候，她正一边打零工一边找工作。

小爱出生在福岛县的一个小村庄。在她很小的时候父母就离婚了，她是由妈妈一手带大的。高中时她成绩优异，为了将来能有一个安稳的生活，她离开家乡考到关东一所四年制的私立大学。小爱非常喜欢与人交往，所以将来想找一份跟旅游相关的工作。为了这个梦想，大学时她选择了旅游专业。

她的妈妈是个体户，靠住在附近的外祖父母帮助，独自一人把小爱培养成人。现在小爱跟母亲的关系还像是好朋友一样，她说她们是“命运共同体”。回顾童年，小爱说，没钱的时候，她们的晚饭肯定是鸡蛋盖饭。

小爱的大学学费是用助学金贷款和社会福祉协议会的贷款来缴纳的。自己的生活费，再加上大学的海外研修费等，光靠助学金根本不够，因此剩下的部分是她打工赚来的。从大三到毕业为止的两年中，她当过大学附近意大利餐厅的服务员、东京巨蛋体育馆的促销员，此外她还在两家居酒屋挂名，一天要奔走好几个工作地点。尽管忙得不可开交，她也没有耽误学习。她觉得好不容易上了大学，要尽可能地学到更多的知识，所以她修的学分超出了学校的毕业要求。

然而就业却十分艰难。受雷曼危机后经济衰退的影响，当时正是就业最难的时期。她想当正式职工，但又不想放弃旅游专业，所以最后决定在当时即将开业的东京有名的观光咨询处当合同工。虽然不是正式职工，但能在著名观光景点做从小时候就梦想着的旅游工作，小爱非常引以为豪。

外出时，她总是挺直腰板，把头发一丝不苟地束起来，化上淡妆。她看起来比实际年龄要成熟，说话方式也非常稳重。在著名观光景点咨询处工作，要经常接触游客，因此她随时收集附近景点的最新信息。同时这份工作还要求仪容整洁，因此她在化妆品上也格外费心。

她非常热爱这份工作，但熬了两年就不得不辞职，因为税后工资让她收不抵支。小爱住在东京近郊的一处单身公寓里，租金六万日元。从东京物价来看，作为独自生活的女性，这样的房租算是便宜的。她的生活非常节省，屋内整齐地摆着几件简单实用的家具。我看了一下她的冰箱，里面几乎没有吃的东西。小爱说她一天有一杯冰咖啡就能活下去。实际上，在采访时我有很长时间跟她在一起，除了冰咖啡以外没有看到她买别的东西吃。

以合同工身份在观光咨询处工作时的工资，税后大约有十四万日元。因为工作不固定，所以有几万日元的浮动。干了两年，工作内容也与正式职工相差无几，工资却只涨了十日元，还没有奖金，且即使一直干下去也未必能成为正式职工。她说她还担任过教育新员工的工作，看到自己与刚进来的新员工的工资只差十日元，心里真觉得很悲哀。

生活费中房租、水电煤气费等固定支出为七万五千日元，此外她还每月给母亲寄一万日元，于是剩下来就只有五万日元左右。按理说这些钱也勉强够生活，但是小爱每月还要还三万日元的助学金贷款，这份债务像一座大山一样压在了小爱的肩上。

## 六百万日元的助学金负债

小爱有一个老乡名叫真纪，跟她上同一所大学，她们高中时就是好朋友。大学时真纪在卡拉OK店打工，毕业后就直接当上正式职工。她偶尔周末会坐长途汽车来小爱家里玩。每次她们都是边喝冰咖啡边聊天。刚开始她们就像二十多岁的女孩一样，讲讲电视剧啦、已经步入社会的各自的朋友啦，聊得很热闹。

但是不久话题就转到工作和工资上了。真纪虽然是正式职工，但税后工资只有十五万日元。卡拉OK店一周上五六天班，一天十二个小时以上，每个月休息五天，没有奖金。正式职工唯一的好处就是能住上每月租金为三万日元的宿舍。

“太辛苦啦！”

“好想去喝酒，还想买包包啊。”

“想归想，但不能买。想要的东西太多了……”

“助学金还有五百万要还呢。”

“我有六百万呢。”

“高中的时候还以为马上就能还上。上完大学，再找个正式工作，用奖金还就行了。”

“是啊，想得太天真了。”

从女孩们的谈话中无意间跳出了一个惊人的数字。

真纪的父母是做室内装修的。由于经济不景气，父亲的工作量锐减。进入高中后，学杂费等支出都是她自己在快餐店打工赚来的。真纪说打工可以很好地积累经验，所以她并没有觉得辛苦，但遗憾的是不能参加学校的俱乐部活动。每周有五天，放学后要到餐厅打工到晚上十点，高中时代她就是这样度过的。

父母的辛苦她一直都看在眼里，所以学费也没跟父母伸手要，“自己东拼西凑就上了大学”。语气间隐隐流露出后悔。

现今全国有一百四十一万人靠助学金上大学，三人中就有一人是依赖助学金的。助学金分为两种：一种是毕业后不需要还的免费型，另一种是贷款型。90%的大学生申请的是贷款型。

拖欠三个月以上的助学金还贷总额最近十年增加了三倍，根据助学金发行机构——独立行政法人日本学生援助机构的调查，有近一半人的拖欠理由是收入低。助学金制度为家庭经济条件不好的学生提供了升学机会，但同时也让很多毕业后就业状况不理想的年轻人为还贷而苦恼。

## 没想到等待我的人生竟会是这样

小爱和真纪才二十几岁就负债累累，两个人的话题继而转向对未来的担忧。

“以前我以为小爱你会早结婚呢。”

“不可能的，虽然我也想结婚……等我还完钱都四十五了，到那时再考虑吧。”

“其实助学金也是负债。如果说我欠债六百多万，男人听了会怎么想呢?”

“没人会喜欢对方有一身债吧。”

“我也没想当有钱人，能过上像普通人那样不必为钱发愁的生活就可以了。”

“真的只是很普通的生活就行了。”

两个人都有结婚的愿望。她们两个虽然吃过苦，但是也享受到了家庭的温暖，具有社会基本常识，待人温柔体贴。同时她们有劳动意愿，想必将来一定能够组建幸福的家庭。她们正处在结婚的最佳年龄，可是生活的困苦却让她们对结婚望而却步。

正如“看不见的贫困”一词所形容的那样，她们穿着得体、妆容精致，看上去靓丽动人。这样的女孩竟然谈论着希望像普通人那样的生活、好想过上不必在意贷款的生活之类的话题。这让我重新认识到贫困的一种存在形式。两人异口同声地说道，在怀揣梦想的大学生时代，完全没有想到毕业后等待着她们的竟是这样一个残酷的现实。真纪说，高中时要是知道将来是这种情况，她肯定不会借钱上大学。

我问真纪，从自己现在的角度出发，有什么想对社会呼吁的吗？她说:“人们常说，不上大学就找不到好工作，所以大家才不辞辛苦地借钱上大学。但是现实却是，大学毕业根本找不到好工作，也还不了助学金，形成恶性循环。虽说欠债还钱是天经地义的事情，但是很多像我们这样家里没钱的孩子也想到大学读书，希望社会能给他们一个机会。”

## 目标是成为能力可以得到提升的正式职工

小爱离开了以合同工身份工作了两年的公司，为了收入不中断，她又回到学生时代打过工的餐厅。两年后重回意式餐厅做服务员，时薪与以前一样，还是八百日元。不愧是曾在观光咨询处干过的，迎客礼仪上她做得最到位。虽然工作起来很顺手，但她的心情却很复杂："都大学毕业了，我这是在干什么呀！本应该是以客人的身份来这里的……"

为了过上安稳日子，小爱一边打零工一边找正式工作。对于合同工与正式工在薪资待遇上的差距，她现在有了切肤之痛。所以她想要找一份差距尽可能小的工作，她的下一个目标是人才派遣公司的正式职工。

根据厚生劳动省的白皮书（2013年）统计，合同工中想要成为正式职工的，即所谓"非自愿的非正式雇用"超过30%（二十五到二十九岁的女性）。但是干合同工、短时工的时间越长就越难转正。

小爱不知道投了多少份简历，虽然能够努力争取到面试机会，可是结果却总是不尽人意。有相当长的一段时间，开朗的小爱一直情绪低落，找工作不顺利的时候她曾多次这样问我："村石小姐，您觉得我到底是哪里不够好呢？"

"起步工资少于二十万也没有关系，我是那种非常有上进心的人，我希望有公司可以聘用我，在那里我的能力会不断得到提升。"小爱边填简历边低声说道。

合同工不仅是在工资上与正式职工有差距，很多时候也会失去企业内部的培训和能力开发的机会。现在的雇用方式需要考虑如何才能做到不打击像小爱这样有强烈劳动意愿的年轻人。

# 第三章　单身母亲的艰辛

丸山健司

（NHK名古屋广播电视台报道组　导演）

## 结婚也摆脱不了贫困

为了掌握更多的女性贫困状况，我们四处奔走采访。起初我们把采访对象定为十到二十几岁的年轻女性。可是当了解到事态的严重性以后，我们觉得这种年龄设定是远远不够的，应该更加深入地采访那些孩子年龄较小的家庭，特别是经济情况非常严峻的单身妈妈。我们不仅要正视女性贫困的现在，更应该考虑到孩子们的将来，让“贫困代际传递”的真相彻底浮出水面。

实际上，在女性没有走向社会的时代，女性的贫困问题就已经存在。很长一段时间这种状况并没有被当回事。因为一般人们认为，即使工资低、生活艰难，这也不过是到结婚为止的事，是暂时的。迄今为止的日本社会里存在着这样一个被默许的大前提——女人早晚要结婚、回归家庭，不必自己挣钱养活自己。

当然，即使是现代，结婚也是用夫妻俩的收入提高生活水平，并由两人共同抚养孩子的主要途径。如果妻子打零工、收入少的话，丈夫的纳税金额会因“配偶扣除制度”得到减免；妻子是由身为公司职员的丈夫抚养的话，有可以免除养老金交纳的“第三号被保险者制度”等，这些都是对所谓的家庭主妇有利的制度。因此，结婚或许可以成为女性摆脱贫困的一个选项。

但是，通过结婚获得“妻子”这个身份已经越来越不现实了。正如第二章接受我们采访的小爱和真纪说的那样，“现在这种状况不会去考虑结婚生子”。当今日本男女都有不结婚的倾向。统计数据显示，到五十岁还是未婚的“终身未婚率”进入平成年代[①]后，男女双方都是有增无减。1990年男性的“终身未婚率”是5.57%，而根据2012年的最新调查是20.14%；女性也由4.33%快速升至10.61%。

而且即使是结了婚，等待着有些女性的也是布满荆棘的道路。因丈夫去世和离婚而造成的由单身妈妈独自抚养孩子的母子家庭年年增加。全国共有123.8万户（根据2011年度全国母子家庭调查数据）这样的家庭，相比1998年的95.5万户，大约增加了30%。

无论结婚与否，女性都得独自活下去的时代已经到来。选择不借助男性的力量而生活的女性，当陷入不得不一个人抚养孩子的境地时，等待着她们的究竟是怎样的生活呢？我们决定从单身妈妈和她们的家庭情况中，深入调查“贫困代际传递”的真实状况。

### 单身妈妈是“贫困代际传递”的开始

有许多机构和团体都在对单身妈妈进行援助或接受咨询，

① “平成”是日本天皇明仁的年号，由1989年1月8日起开始计算至今。——译者

如各地政府所设的福祉办公室、NPO等。她们会为什么样的事情向这些援助机构求援呢？我们决定从经常听取单身妈妈烦恼的团体负责人、工作人员那里入手调查。

首先我们采访的是“东京都爱心单亲家庭援助中心”，其下的一般财团法人“东京都母子孤寡福祉协议会”受东京都政府的委托，接受生活和就业方面的咨询。会长高田伊久子和工作人员讲述了所遇到的各种悲惨的事件。令人震惊的是，前来求助的单亲母子家庭的数量之多。由于经济困难，他们每天食不果腹，连正常的生活都维持不下去。

“咨询最多的还是经济问题。跟父母住在一起还好，只能一个人抚养孩子的话，生活是相当艰苦的。例如，家里连点大米都没有，只能靠仅剩的挂面充饥；或者是只能煮三根胡萝卜当菜，跟孩子分着吃，听起来非常凄惨。还有人说眼下没有生活费，能不能借个三千五千的；也有的人交不起费用，煤气和电被停用。因为没有钱，所以实在无法生活下去。如今领低保的母子家庭日益增加，单身妈妈们正处于水深火热之中。”

随后我们直接采访了多位单身妈妈。大多数人的膳食费都比离婚前大幅度减少。在这个富裕的日本，事实上有很多单亲母子家庭连饭都吃不饱，生活更是举步维艰。在这种情况下，孩子们不可能受到充分的教育，其结果导致了贫困的代际传递。从每天都接触单身妈妈咨询的高田先生的讲述中，我们感受到了事情的严重性。

“特别是二十几岁的单身妈妈，她们人际关系薄弱，容易封闭在自己的空间里。有的人是受丈夫虐待，衣服都来不及换，身无分文就逃了出来。她们因为种种原因无法向父母求援，并且轻信网络信息，基本上没有机会对孩子进行性格培养。再加上行政援助不到位，她们只能随意将孩子托付给网上请来的保姆。”

《女性贫困》节目的采访大致要收尾的时候，坊间在热议一则新闻：男保姆杀害了其看管的单身妈妈的孩子。高田先生和同事们认为，对于单身妈妈来说，网络上随请随到的保姆更方便，这也反映了当事者并没有得到真正需要的行政援助；再加上就业时社会对于母子家庭的不理解，这才是事件的根本原因所在。

“不得不当合同工的单身妈妈实在太多了。企业在这方面的意识也不到位，有的甚至是在歧视妇女。只因为是单身妈妈这一点，面试时就直接淘汰。这就导致妈妈们要同时打两三份零工，与孩子们接触时间也越来越少。母亲每天只是工作，没有时间关心孩子，这对于孩子的人格形成非常不利。另外在这种苛刻的条件下工作，母亲必然会产生压力，于是孩子就成了发泄对象，最后受罪的是孩子。”

这就是单身妈妈艰辛的生活和成为被害者的孩子。社会从未正视过这些母子家庭的生活困境，因此才滋生了贫困的固化。单身妈妈的存在正是女性贫困的象征。我们痛感到应该听取更多单身妈妈的倾诉，揭开被社会湮没了的贫困的真面目。

### 首先从真实的家庭收支状况入手

在采访援助团体的工作人员的过程中，我们也有机会给单身妈妈直接打电话，或者见面邀请她们参加电视节目。首先我们必须要问的是收支状况，以及她们是否领取了低收入单亲家庭的育儿补贴，同时也要询问她们有没有从前夫那里领到抚养费。接下来才会问生活的窘境和对未来的忧虑等问题。初次见面就问人家关于钱的问题，这让人有所顾忌，但是不问清楚就无法继续采访了。

所谓的经济困难的分界线到底在哪里呢？收入在多少以下，就不能为孩子的未来投资呢？首先我想要找到这份真实的感受。但是突然受到采访的人会告诉我们这些事情吗？她们会不会觉得这个采访很没礼貌？在真正开始采访前，这种不安一直困扰着我们。但与我们的担心正好相反，每一位单身妈妈都很认真地回答了关于钱的问题，那是因为她们想要人们知道以单亲的身份生存下去的艰难与困苦，从而减少社会的不理解。

## 每个月与儿子的饭钱是两万日元——二十九岁的小茜

二十九岁的吉田茜（化名）也是其中的一员。我们相约在东京市中心的车站见面，采访时她四岁的儿子也坐在旁边。碰巧那天节假日，她是在与儿子去赏花之前腾出时间接受采访的。我们进入了一家咖啡店，她对四岁的儿子说道："接下来妈妈跟阿姨有话要说，你不要出声音哦。"儿子听话地点点头，一个人在旁边安静地玩着。

让我印象最深的是，此次采访过程所见到的单亲家庭的孩子们，在我们谈话期间没有一个人哭闹、撒娇。当然也许是遇到陌生人有点紧张，但更多的恐怕是因为平时看到妈妈的辛苦，幼小的心里也不想给妈妈添麻烦吧！

小茜现是一家IT公司的合同工，工资按小时计算，每月的税后收入在十六万到十八万日元左右，此外还有三万日元的育儿补助和每个有孩子的家庭都可以领到的儿童补贴。她是一年前离的婚，原因是前夫的严重暴力。据说她几乎是身无分文地逃出来的。连现在的住址都没敢告诉前夫，更不要提抚养费了。

育儿补贴是发放给因离婚或配偶死亡而形成的单亲家庭的补贴金。有一个孩子、年税后收入在五十七万日元以下的家庭，每月可领取四万一千零二十日元的全额补贴。收入越高所领金额越低，收入超过二百三十万日元则不能领取补贴。随着孩子数量的增加，收入限制额度也会有所提高，发放金额会相应增加。收入按照税后收入计算；若领取抚养费，则抚养费的80%将被算入税后收入当中。五十七万的税后收入，相当于税前大约在一百三十万日元，小茜的年收入远远高于这个数字，所以每月只能领取三万日元。

那么小茜的生活状况是什么样的呢？从谈话中可以看出，为了削减生活费她绞尽脑汁，才勉强维持现有的状况。“最节约的就是饭费，每月控制在两万日元以内。以前工作时经常不吃午饭，就那样挨过休息时间。就算吃也就是一碗八十日元的方便面。早餐面包也是自己发面做的，这样比店里买来的便宜一些。”

没有全额领取育儿补贴，一般被认为是经济有所富余，但即使是这样的收入水平，也要削减饭费，可见母子家庭的艰难程度非同一般。她们只有能够维持生计的最低收入，这种捉襟见肘的生活到底是什么样子呢？从她的讲述中我们逐渐看清了全貌。

“每天光是解决温饱就够让人头疼的。”每个月欠下的钱只能靠四个月一领的育儿补贴来偿还。好心的朋友会给我一些孩子的旧衣服和化妆品。发工资前的几天，朋友会很体贴地请我和孩子吃饭。虽然觉得很抱歉，但也只能接受人家的好意了。以我的收入又不能回请对方，这让我心里非常过意不去。”

除去每个月六万五千日元的房租、二万五千日元的孩子托管费（含延长费），再加上水电煤气费和电话费等，手头几乎不剩钱。“我有过敏性皮肤炎，对生活用品也有一点要求，这都需要支出。另外，因为离婚时的精神压力，我被诊断为社交恐惧症。上医院也要花钱，所以我尽量不去医院。我和儿子既没有去旅游过，也没有去过游乐场，我们完全没有能力存钱。”

在谈话中，小茜确实神经质地眨过眼。作为母亲必须要好好抚养孩子长大成人，或许正是这种决心才使她产生巨大的精神压力。

## 无论如何也要让孩子上大学

小茜现在是合同工，离婚前她是正式职工，收入比现在多四万日元。由于正式职工要加班、学习、考各种资格证书，节假日还有可能也要上班，因此她主动申请变成合同工。小茜自己说这样有时间照顾孩子，也很不错。但事情果真如此吗？难道成为单身妈妈，就不能继续当正式职工了吗？为什么要将在社会中地位已经够低的单身妈妈逼到更加窘迫的地步呢？如果还是正式职工的话，小茜的生活也许会比现在轻松。

最后我们询问了她对今后的生活和孩子的将来有什么打算。小茜以前曾在外企工作过，英语流利。“等孩子大了，不用照顾了，我想继续学习英语，找一份能发挥英语特长的工作。无论如何也要让孩子上大学。”她的声音不大，却很有力。看着小茜身边安静等待采访结束的孩子，我真心希望她所描绘的未来能够实现。

从统计中也可以看出在社会夹缝中求生存的母子家庭所处的经济困境。母子家庭中母亲的平均年收入为二百二十三万日元（根据2010年全国母子家庭的调查数据）。而孩子未满十八岁的日本所有家庭的平均年收入为六百七十三万两千日元（2012年国民生活基础调查）。可见单身妈妈们要在何等恶劣的经济条件下挣扎着活下去。前面提到的小茜的税前年收入和母子家庭中母亲的平均收入基本相同，或许略高一些。尽管如此，无论她怎么节省，生活还是很拮据，连医院都不能去。更不要说大约有80%的二十多岁的单身妈妈一年可支配的税后收入尚不足一百一十四万。她们就是在这种贫困状态下，过着看不见明天的生活。

**养三个孩子、打四份工——三十五岁的礼子**

我们又遇到一位为了不陷入这种极端生活而咬紧牙关养育孩子的单身妈妈。她是桥本礼子（化名），今年三十五岁。听到她描述的情形，真让人担心她马上就会倒下，而孩子们也立刻要露宿街头。

礼子有三个孩子，分别是上小学六年级的儿子、上四年级的女儿和上幼儿园大班的儿子。她一个人养活三个孩子，同时打四份零工，每个月只有两天不用上班。刚开始采访时，她就说经常觉得身体不舒服。

礼子二十二岁结婚，作为家庭主妇生育了三个孩子。她于五年前离婚，原因是丈夫对孩子们的暴力。据说他们半夜像逃跑一样离开了丈夫的住处。虽然与前夫一年会见一次面，但是她没有索要抚养费。

礼子身兼四职，分别是在援助老年人的NPO组织里打扫卫生和买东西、在残疾人服务机构内邮寄信件、在针灸治疗所做整理数据的文职工作和上门做面膜。做面膜完全按次数计算，一次三百日元，外加每小时一千日元的时薪。她一周的日程安排得异常紧凑，周一到周五基本上全天都在援助老年人的NPO组织里工作，空余时间投入做面膜或整理数据的工作。周末主要做面膜，每个月两次晚上去做面膜或整理数据。工作结束后，她要赶紧骑自行车到幼儿园接小儿子、回家做饭、照顾孩子们的日常起居。

"最累的是早上，我经常感到身体非常疲劳。而且我还患有抑郁症，有时早上就躺在床上爬不起来。这时孩子们都很担心我，主动帮忙做饭和洗衣服。我感觉与孩子们是在相互扶持、共渡难关。"

包括育儿补贴在内，礼子的收入大约在二十万日元左右。尽管如此，她还是每个月存一点点钱，从她的谈话中我们可以看出，虽然收入有限，她仍与孩子们脚踏实地生活着。但是在问起养育孩子们的方式时，我们才知道，这个家是她一省再省才勉强撑起来的。礼子是这样形容三个孩子的未来和现在的生活状况的：

"老大参加了学校的足球俱乐部，最近他说将来想当足球运动员。但是钉子鞋等费用真的很贵。而且以前他还说想上补习班，我不停地告诉他坚持上补习班实在负担不起，让他断了念头。但在他上高中之前，我一定会让他上补习班。此外，为了方便联络，家里还放了一部手机，主要是女儿在用。她说过想要换成当今流行的智能手机，我就直接跟她讲买不起智能手机，让她放弃了。”

礼子每天都体会着不能满足孩子们愿望的焦躁感。我们问她，现在的处境有没有让她对社会感到愤怒。她静静地说道：“我尽量不去想未来的困境这些负面的事情，因为这会让我更加痛恨把单身妈妈们逼到这种地步的国家和社会。”

礼子虽然抚养三个孩子、打四份工，但她一点也不气馁，与孩子们共同认真对待生活的挑战。为了让孩子了解钱的重要性，他们每次帮助洗衣、做饭都会得到小费。例如，帮忙做一次饭是十日元。想必这十日元中还包含了母亲感谢孩子们在逆境中与自己一起奋斗的意思吧！我们也衷心希望，孩子们能充分理解母亲的心意，健康地成长。

## 即使单亲家庭的孩子也进不了幼儿园——二十九岁的纱织

在四处采访各种单身妈妈时，我们遇到了一位与“待入园儿童”[①]问题直接相关，即孩子上不了幼儿园的女性。在调查过程中，我们听说即使是单亲家庭，孩子也进不了幼儿园。单身妈妈们一个人又要上班又要照顾孩子，她们的孩子竟然上不了幼儿园，真是让人大跌眼镜，这也让我们深深地体会到待入园儿童问题的严重性。

---

① 此处指的是排队等待被幼儿园录取的孩子。——译者

二十九岁的古川沙织独自抚养两岁的女儿。2014年1月，她从东北地区的一个小镇搬到了东京郊外的小镇上。她原本是在关东结的婚，婚后一边做营养师一边抚养孩子，与丈夫三人生活在一起。然而丈夫出入色情场所成瘾，对此她无法接受，不久就离婚了。之后她和女儿一起回到了娘家，但是没有找到与营养师相关的工作，于是又再一次回到东京。

在东北时，纱织在一家药妆店打零工，孩子上不了幼儿园也是她回到东京的另一个原因。虽然交了幼儿园的报名表，但纱织一边打零工一边与父母同住，这种情况进幼儿园要排队。父母都有工作，纱织必须自己照顾孩子，为此也不能多打工，每天光是围着孩子转。这样下去来年也进不了幼儿园，也还是找不到营养师的工作，对此她感到十分着急，于是下决心和女儿两个人回东京生活。

和女儿一起搬到东京的纱织，经营养师专科学校的朋友介绍，总算找到了一份在中学食堂的工作。时间从早上七点到下午四点，税后收入是十二万日元。前夫每月会给三万日元抚养费，再加上育儿补贴等，每个月有二十万日元左右的收入。

但是，在东京，女儿还是进不了公立幼儿园，为此只能综合利用私立幼儿园、NPO的临时托管、单亲家庭家政公司、家庭援助中心等服务。每个月的托管费大约六万日元，远远高于公立幼儿园。

在人生地不熟的地方生活本来就有压力。如果女儿能上幼儿园，实现来东京的一个目的，其压力或许可以减轻。但是事与愿违，结果导致纱织情绪不稳，一个月要去两次精神科。今后的生活不知道会怎么样，出于这样隐隐的不安，到了夜晚她就会胡思乱想，很多时候彻夜不眠。最严重的时候，她连续四天失眠，现在也每天都在服用安眠药。

为了让孩子将来能上大学，纱织每个月都会存一万日元的教育基金。但这样做就得牺牲一日三餐了。离婚前的饭菜基本上是三菜一汤，现在很多时候都是一饭一菜。她自己小时候学过游泳，虽然也想让女儿学，但是自己收入少，接送也要花钱，就没让她去，纱织为此很不甘心。

单亲家庭的孩子也无法进公立幼儿园，这就是在日本抚养孩子所要面对的荒唐。

**利用国家的援助报考幼师——二十八岁的敏枝**

对于被迫过着凄惨生活的母子家庭来说，难道就没有办法摆脱贫困的代际传递了吗？首先，国家制定了很多援助政策，如针对单身妈妈，有进行就业援助服务的《母子家庭就业和自立援助事业》、根据个别案例制定自立援助方案的《母子自立援助方案制定事业》等。在本章最后接受采访的广田敏枝（化名）就是利用这些国家制度抚养五岁孩子的。

我们与敏枝是通过一个社交网站负责人介绍认识的，该网站主要针对单身妈妈或爸爸进行交流和援助。初次见面的地点约在地铁站前。我们提早十五分钟在那里等候，她准时应邀前来。头发造过型，打扮得也像其他年轻妈妈一样，非常漂亮。从外表根本看不出她是要接受贫困问题采访的。我们马上到附近的快餐店开始访谈。

为了考取幼师资格证，现在敏枝利用国家的“高等职业训练促进补助金”就读于三年制的专科学校。她从去年4月份开始上学，今年是第二年。她不工作，每天就是早上把孩子送到幼儿园，然后去学校，傍晚从学校出来，直接去把孩子接回来，然后准备晚饭，照顾孩子的起居。

“高等职业训练促进补助金”创立于2003年，是一项援助单亲家庭父母的就业制度。该制度规定，为了考取就业资格而上学且不缴纳居民税的家庭，可享受每月十万日元的补助，纳税家庭为七万五千日元，期限为两年。属于指定资格的有护士、护理师、幼师等，2012年全国有九千五百八十二户家庭享受到补助。作为单身妈妈的职业能力开发政策，我们衷心期待这项制度发挥更大的作用。

## 带着年幼的孩子辗转换工作

敏枝为什么会想到利用“高等职业训练促进补助金”来考取幼师资格呢？听了她的讲述，我们才知道，这不是出于想要摆脱贫困这个“积极理由”，而是在最小范围的选项里不得已做出的决定，是一个“消极理由”。

她出生在东海地区，高中毕业后曾经当过服装店的售货员和花店的店员。在花店，她负责婚礼场地的装饰花朵业务。她非常喜欢花，工作起来也很起劲。但是公司的经营每况愈下，店长也突然有一天辞掉了工作，店里就剩敏枝一个人，工作无法正常进行。

后来敏枝投奔了在东京的姐姐，并与不久后认识的男人结婚，二十二岁生下孩子。但是丈夫工作很忙，每天坐第一班车上班，坐最后一班车回家。一个人照顾孩子的敏枝逐渐情绪出了问题，得了神经衰弱症，夫妻之间吵架不断。丈夫不仅不帮忙照顾孩子，最后还出轨。敏枝几次劝说他结束婚外情，但仍然没有任何改变，婚后一年两人就离婚了。

对于敏枝来说，离婚后的生活充满了坎坷。她做过好几种工作，没有一种对她的自我能力提升有帮助。她并没有掩盖当时的事实，反倒是非常开朗地谈论着，偶尔还讲两句笑话。她说话的方式与其悲伤的内容形成了巨大反差。当然或许是她的内心比较强大，但是也能够看出，为了不被凄惨的经历压垮，她在强颜欢笑地保护自己。

离婚后敏枝逐渐与前夫失去联络，抚养费也要不到了。她必须一边照顾孩子，一边工作。但是她并没有找到与之前履历相关的工作，如在花店里学的花卉设计等。她最先找到的工作是挨家挨户推销大福点心。一盒三只装的大福进价是六百三十日元，她必须步行去卖。

她是这样回顾当时情形的："我负责的是琦玉县的一个小山沟。这个活儿真的很需要体力。直接去敲人家的门，每天从早走到晚。公司要求从一家到另一家一定要跑着去，最后跑得我脚后跟都裂了。而且还经常被客人骂是混蛋，每天都以泪洗面。进的货必须得卖出去，一走就走到半夜，有时连最后一班车都错过了。钱没挣到几个，生活乱得一塌糊涂。存款是直线下降。我瘦得体脂肪率降到了个位数，所以不到一年就辞了工。经历了如此残酷的工作，我觉得无论什么活儿都能干了。"

敏枝很幽默地讲述了这个沉重的话题。她没有去批评那家公司。自己的努力没有得到回报，这样的丧气话她一句也没有说过。

后来她当上了杂货店的店长。但是很快杂货店就关门了。敏枝被解雇，又成了无业游民。接下来她去的是在东京都内有很多家连锁店的体育用品商店。作为合同工，敏枝很卖力地销售高尔夫球杆，当时到手的收入是十四万日元。

在正式工和合同工中间，那家公司还有另一种可以加入社保的雇用方式。为了在这项工作中提升自己的水平，她要求改为这种雇用方式。可是这一改，让她再次认识到社会的残酷现实。

扣除保险金，到手的收入跟以前没什么两样，反而陷入了一种恶性循环里：加夜班多了，导致幼儿园的托管时间延长，费用反而更多了，与孩子相处的时间也越来越少了。

“两个月后我就体验了现实的残酷。从回家到孩子入睡只有两三个小时，在这两三个小时内要做饭、给孩子洗澡、哄她睡觉。没有多少时间，孩子也不可能那么听话，我就觉得很烦躁，总是在催她快点、快点，生活一团糟。”

结果两个月后敏枝就选择恢复原来的合同工身份。

“看到这两个月的工资单，我才知道我的生活不会改善，将来会怎样已经一目了然。下了好大的决心，鼓起勇气向上司提出的要求，最后变成这样，真让人伤心。那是我经过再三考虑，才叫上司改变我的雇用条件，结果两个月就自己打脸。只能向上司低头道歉，虽然这样说过后心情轻松了，但是最难受的也是那个时候。”

## 拼命工作的结果是补助缩水

被迫辞掉最中意的花店工作，敏枝来到东京后一直是合同工。她痛感到以这种身份独自抚养孩子和挣钱养家的单身妈妈是不可能得到让生活更轻松的收入的。

那么应该怎么办呢？敏枝想到的是考取资格证书。以前就听说有给想要考取资格的单亲补助金制度，为了这一刻，她一直在一点点攒钱。她辞去体育用品商店的工作，一边靠“高等职业训练促进补助金”维持生计，一边去幼师专科学校读书。

但是领到补助金后，她又遇到了一些令人沮丧的事情。在选择幼师专业学校时，敏枝想选择两年就可以毕业的学校。在面试时，主考官说孩子感冒、卧床不起的话你就得请假，这样跟不上课程进度吧。于是她就被淘汰了。

有时“高等职业训练促进补助金”的发放金额和期限也会有变动。敏枝在找学校的时候可以领三年。当时传闻说从来年起发放期限会被缩短为两年。为此，她想选择两年内可以毕业的学校。但是她没有找到既可以照顾孩子，又可以两年毕业的学校，无奈只能选择三年制学校。敏枝从2013开始上学，果不其然，补助金变为两年。也就是说，专科学校的第三年，即最后一年，敏枝没有补助金，只能靠自己了。

不仅是发放时间缩短，就连金额也被削减了。上学之前敏枝拼命打工，稍微超过了居民税的非纳税家庭收入标准，为此她领的不是全额的十万日元，而是七万五千日元。上这所专业学校三年共计需要三百六十万日元。敏枝育儿和工作两不误，连睡眠时间都被缩减，才勉强看到支付学费的希望，可是这种努力却导致她领不到全额补助。

## 已经看透结果——做什么收入都低

既然如此，敏枝为什么还要选择幼师这条道路呢？幼师的平均年收入约三百一十万元，靠这些钱绝对过不上富足的生活。迄今为止，敏枝干过各种合同工，她已经预测到今后自己的收入不会有大幅度增加，于是在这种失望的状态下选择成为幼师。

“结果是做什么收入都低。既然到哪里都挣十五万日元，那么同样的十五万日元，和不停地换工作、干一天算一天的没有称谓的工作相比，我会选择带有‘幼师’这个称谓的工作。也就是说，比起没有称谓的十五万日元，我选择有称谓的十五万日元。”敏枝拼命攒学费想成为幼师的理由，不是想摆脱贫困，而是获得社会上的信用，这是临时就业的单身妈妈们勉强能够做到的。

“现在有各式各样的父母，连学校的老师也是一样，孩子犯了点小错误，就会说他家是单亲，所以才会这样。我的这种做法也许太狡猾、不光彩，我觉得要是说他妈妈是幼儿园老师，是不是给人的印象就不一样了呢？”

当然敏枝也不是没有考虑过当正式职工，只是孩子小的时候，当正式职工晚上要工作到很晚，不太合适。像在体育用品商店时那样，当了正式工，结果只是幼儿园的夜间托管费涨了，而且孩子生病时还不能轻易请假。

就算是有一天当上了幼师，到孩子上学最花钱的时期为止，恐怕也攒不了那么多钱。“也不是突然能力就提高了，所以即使是攒钱，也要从当上幼师的那一天才开始，怕是赶不上最需要钱的初高中阶段了。”

白天上学、早晚忙于照顾孩子的敏枝，靠每个月七万五千日元的补助金和育儿补贴等共十三万日元来维持生计，生活非常简朴。她从来没有和孩子去过游乐场，出去玩时也只去附近不用花钱的公园。以前辛苦工作攒下来的钱正日益减少。为了尽量给孩子创造良好的条件，她没有交养老保险，取而代之的是让孩子去参加每月八千日元的英语班。

采访中，敏枝的孩子突然开始闹起来。在她们家录像的时候，孩子自己叠了洗过的衣服，很有礼貌地吃饭。或许是因为神经绷得太紧了吧，敏枝发现这种情形，中断了与我们的访谈，紧紧地抱住了孩子，抱了很长时间。

在拍摄她与孩子在公园玩的录像时，敏枝不经意间流露道："离婚后，没有一刻精神是放松的。"采访期间总是很开朗、坦诚地讲述自己经历的敏枝，为了不被压垮，每天都精神紧绷，与孩子两个人竭尽全力地生活着。

我们曾在她家里进行了长时间的采访，最后她说的几句话正好表达了她全部的心情。"或许我停下来，就再也不想动了。我觉得如果要是停下来喘一口气，就会什么都不想干了，会一直躺下去起不来，一蹶不振。因此我不会回娘家。也许是我害怕放松精神。一放松，那根紧绷的弦就会断掉。那样的话，我就再也没有力气奋争下去了。"

# 第四章　色情店成为她们的“救命稻草”

村石多佳子

（NHK 报道局　记者）

## 在卖春店宿舍里死去的幼小姐弟

2010年7月，在大阪闹市区的一间公寓内发现了一对五十多天没人照顾的年幼姐弟的遗体。一个是三岁的女孩，另一个是一岁的男孩。闷热的房间里堆积了大量的垃圾和污物，两个孩子依偎在一起双双离世。这个事件当时引起了社会的极大轰动。

在夜店卖春的二十出头的单身妈妈被逮捕。发现孩子遗体的公寓，是作为夜店宿舍分配给母子三人的。夜店给离婚后无处投奔的母子提供住处，母亲工作期间还有托管服务，但她没有加以利用，而是将年幼的孩子弃之不顾。这个事件将“卖春店成为单身妈妈的工作接收点”这一话题推向了风口浪尖。

## “欢迎单身妈妈”“宿舍与托儿所设施齐全”的招牌

如今，搜索卖春店的网页，你会看到招聘栏里的“欢迎单身妈妈”“宿舍与托儿所设施齐全”等几个醒目大字。上面还附有母亲和幼小孩子的照片，标题上写着“既可以赚生活费，也可以多陪陪孩子”“不要一个人痛苦”等等。乍看上去还以为是育儿援助的网页，与夜店招聘广告给人的印象大相径庭。

其中，作为福利，还有“介绍兼职”等字样。夜店的工作是没有客人就没有收入。等待时间较长，所以店里会介绍可以在空闲时间做的其他兼职工作，防止她们陷入零收入。采访从事这个行业的女性后，我们留下的印象是，很多人没有时间观念，即使约好了下次见面，也不会按时前来。有的甚至突然失去联络，或者招呼也不打就休息。

但是店里的人却给出了不同的说法。确实是有迟到现象，但单身妈妈要挣钱养家，所以大多数人会按时上班，也方便店里做相应的安排。此外，一般店里都有点名制，被客人点名可以加点名费，工资会略高一些。单身妈妈们为了稍微增加收入，很多人在接客时非常认真，希望下次能够被点名。对于店家来说，这样做也可以得到“服务周到”的好评，因此雇用单身妈妈对店家也有好处。所以即使花费点钱，他们也要办托儿所等福利。

## 良家妇女卷入色情业

在进行年轻女性的贫困采访时，去东京都内的某个群租房里，或许能够遇到更多的采访对象，带着这种期待，我们提出了采访申请。

所谓的群租房，是在一个房屋内，多人共同使用一个洗澡间和厨房。一个房间用薄板隔出几个狭小空间，能放一张简易床和一些随身物品，最低限度地保证睡觉的地方。虽然居住空间小，但是不需要押金和担保人，而且租金便宜、交通方便。这一点吸引了不少二十到三十年龄段的人，似乎来自小城市和乡村的年轻人较多。

群租房的老板说了一段令人印象深刻的话：最近有很多从乡下出来、没有住处的年轻女孩，刚到羽田机场就打电话来问有没有能住的房间。她们没有熟人、没有工作。问她们要怎么生活时，她们的回答是去居酒屋、夜总会或者夜店，把夜店作为一种职业选项的女性不在少数。

对于加入色情业的心理底线降低了。从业外人士嘴里听到这样的评价令人震惊。在说明我们采访这些夜店打工的年轻女性的来意之后，他说道："最近这种人很多。外表看上去就是个普通人家的女孩子，却以打工的心态去夜店卖春。"

过去说到风尘女子，一眼就能看出来，穿着暴露、妆容妖艳。可最近的倾向是良家女子的增加。我们也从不少夜店的业内人士口中听到过这样的评论。这种变化的背后到底有什么样的原因呢？

## 年轻女性对于网络社交缺乏警惕

年轻女性是从哪里得到信息进入色情业界的呢？针对这一问题我们咨询了业内的相关人士。据说很多女性是通过在社交网络认识的朋友介绍来的。她们说因为是朋友介绍的店，所以做一两次试试看也不会害怕。不过说是朋友，其实也只是在社交网络上有联系。介绍自己来的朋友不了解自己的情况，因此也不用担心自己在这里做的事情被父母发现……就这样，社交网络不断地拉低卖春的门槛，而店家也不用费力去招人，网友们的"好口碑"就能把女孩们吸引过来。

说句题外话，对于通过社交网络结交的人际关系，年轻女孩们的危机感和警惕心非常薄弱。这一点从其他采访中也能感受到。

东京都内的一个女高中生，其前男友将交往中录制的私密视频发到网上并将其杀害。这个事件也使"色情报复"这一词被人们所熟知。为了了解这种轻易交换私密视频的真实情况，我们采访了在涩谷、秋叶原街头的女高中生。

她们当中的大多数都有跟男友交换视频的经历，理由是想让男朋友高兴，或者拒绝了怕对方讨厌自己等等。更令人震惊的是，对于只是在网络上有联系的陌生男人提出的想要她们出浴后的照片，或者穿制服时的大腿照片这类要求，直接将图片发过去的女高中生比想象的还要多，理由是"不给对方就不停地要"。有的甚至毫无戒心地与在Twitter上认识的人见面。她们认为到见面的地方后，发现对方有问题，跑掉就好了。有一位高中生平静地说道："我也见过面，感觉跟想象的不一样，进入咖啡店时就借口上洗手间开溜了，所以没关系。"

Line、Twitter等社交网络作为交流工具在年轻人之间几乎完全普及。从这种现状来看，很多父母都落伍了。危险比大人们想象的离孩子还要近。毫无警惕心的年轻女孩们，很轻松地就可以与陌生的世界或人单独联络并相识。

## 走上卖身之路越来越简便

在父母们不知道的世界里，毫无防备之心的女孩们逐渐变成成年人的牺牲品。

初中生和高中生以年轻为资本，像打零工一样轻松地涉足性产业。例如，有女高中生在小房间内给客人按摩获取金钱回报的“高中女生按摩”服务、有像恋人一样陪客人散步并索要费用的“高中女生散步”服务。此外，还有男人们透过窗玻璃，点名要正在喝咖啡的女孩到店外，直接跟她交涉约会的“相遇咖啡店”等。形式真可谓多种多样。这些都是性产业的入口。

实际上我们遇到的一位在夜店工作的二十三岁女性，她高中时就曾出入过“相遇咖啡店”。在那里认识的男人只是让她陪他去卡拉OK，并轻轻地摸过她而已，所以她对于出卖色相这件事就渐渐没有了什么抵触。

我们在歌舞伎町认识的一个十七岁女高中生也在“女高中生按摩店”打过工，“在那里只是一起躺着，基本上没有被摸过，所以没反感”。她毫不避讳地跟初次见面的我说道。

现在想要挣男人的钱，不必去所谓的红灯区了。听了女孩们的谈论，不禁让人感叹，性产业离我们近在咫尺，已经到了触手可及的地步了。

**工作的时候尽量不去想孩子的事**

接触过卖春的女性后，我重新认识到，这项以陌生男人为对象的性交易，会给大多数女性带来很大的精神压力和心理负担。我遇到过很多位这样的女性：有的是接完客后在背地里偷偷呕吐；有的为了减压经常跑到“牛郎店”里借酒浇愁，酒钱还是借来的，因此为了还债她还要继续在夜店里卖春。同样作为女性，我深感到若是再有个孩子，兼顾卖春和孩子两方面，其感受也许能达到生不如死的地步。

“性服务派遣公司”的业务是派女性到客人家里或酒店提供性服务。我认识一位从早上十点到下午四点在这种地方工作的四十多岁的女性。据说她工作完后直接去幼儿园接孩子。她很喜欢美容行业，几年前开了一家店，结果以失败告终，并欠下了一大笔债。为了还债，她在做白领合同工的同时，还在夜店卖春。

在等候客人点名的房间里，她说因为孩子太小，回家后还要边陪着她玩边做饭，真的很累。她说话的神情俨然是一位我们生活中常见的母亲。夜店的工作对孩子和丈夫是保密的。店里也为她找好了挂名在职公司，没有必要担心会露馅。想到孩子她会觉得很内疚，所以工作的时候尽量不去想孩子的事。她语气平淡，看起来是个很正经的女子。她只能靠自我调节心情，应对着来自四面八方的压力，一天一天地熬下去。

但是大多数女性无法像她那样灵活地切换心情。不难想象，色情业和育儿的双重压力逐渐剥夺了母亲抚养孩子的意志。尽管如此，很多单身妈妈和年轻女孩们还是被卷入了“卖身”这项工作中。

从事色情业的女性把色情以外的普通工作叫做“白天的工作”。为什么她们不选择“白天的工作”，而是选择了这份工作呢？我没有否定色情业的意思，但卖身这件事涉及人的尊严问题。不损害最基本的做人尊严的工作环境或选项再多一些就好了。夜店有而“白天的工作”里没有的到底是什么呢？为了进一步了解真相，我们决定直接到性服务店里采访。

## 就业、育儿援助和居住一条龙服务的“性服务派遣公司”

最先采访的这家性服务派遣公司在西日本开有多家分店，女老板自己也曾干过这一行。说明来意后，她把我们带到了离市中心不远的一座大楼里的办事处。这是我第一次进入这种地方，心里还担心会是什么样呢。然而看到的却是普通得令人惊讶的办公室。一楼是接客人电话的地方。现在是白天，而且是工作日，几个男女头戴耳机，像客服中心的人那样接着不停响起的电话。二楼是摄影室，负责拍摄用于公司网页的照片或者女孩们的宣传照。三楼是女孩们等待客人时的休息室。房间宽敞明亮，她们可以在里面舒适地休闲，在沙发上自由地阅读报刊，顺便吃点店里准备的零食。

对于不想与任何人照面的女孩，店里还准备了像网吧一样的单间。女孩们在这里度过等待客人的时间。有客人时，工作人员会给她打电话，并派专车接送到客人指定的酒店或住处。据说这家店里最多的还是单身妈妈。除了直营的托儿所以外，店里还与附近的民办托儿所签约，孩子随时都有地方托付，公司还报销一半的托管费用。

一般托儿所是在孩子出生后，通过地方政府组织申请办理手续，多日后家长们才能收到能否入所的通知，因此这项制度不能够满足家长们想要马上托付孩子的需求。因为经济条件差，不少女性即使有丈夫，生完孩子后也要马上工作，但是很少有托儿所肯收这么小的婴儿。

城市托儿所不足的问题还没有解决，而且尚没有找到工作的人以“正在找工作”为由申请入托是很难批下来的。在对托儿所数量不足问题进行调查时，经常会听到妈妈们抱怨说没地方托孩子，即使想工作也出不去。与此相比，民办托儿所有这样的好处：托儿所可以和家长直接签约，有的可以二十四小时开放，或设有短时间托管。达到国家标准的托儿所，因为接受国家和地方政府的财政援助，所以根据《儿童福祉法》，在幼师的数量、设施的面积上都必须严格达到要求。反之，那些没有得到财政拨款的托儿所就可以自由经营。因此为了方便妈妈工作，夜店就自己掏钱建立小型托儿所，这样的案例屡见不鲜。

随着少子高龄化的加剧和劳动人口的减少，女性劳动力无疑是重要的资源。国家也想增加女性劳动力。但不可否认的是，现今的劳动环境跟不上时代的需求。与国家劳动环境整顿的落后相比，这次受采访的公司除了准备有马上可以托管孩子的托儿所以外，还为没有住处或因房租太贵住不起房子的女性在公司附近准备了四十间宿舍。

对于不得不工作的单身妈妈们来说，就业、育儿援助和居住是生活中必不可少的三大要素。若要指望政府，她们必须同时跑好几个部门，提交各种手续。可是在这里，生活所需要的环境和援助全都一步到位。

## 到7-11便利店存钱养老

现在日本全国平均最低时薪是七百八十日元（2014年9月数据）。在经济回暖的趋势下，与去年同比增加了十六日元，终于超过了低保水平。此外，根据国税厅的调查（2012年民企工资实际情况调查数据)，男性的平均年薪为五百零二万日元，而女性只有二百六十八万日元，约为男性的一半。从收入分布来看，男性年薪在三百万到四百万之间的最多，占整体的20%。而女性最多的是一百到二百万日元之间，约有25%。四人中就有一人年薪在二百万以下。仅从这个数据也可以看出，没有高学历的普通女性想要自己挣钱养活自己是何等的困难。

在小家庭成为主流、普遍的非正式雇用以及男性收入也不稳定的情况下，孤立无援、经济拮据的女性涉足宣扬高收入的色情场所或许是情有可原的。

女老板还告诉我们，在店里工作的年轻女孩中间流行"7-11存款"。工作结束后，她们就直接去附近的7-11便利店，把当天挣的钱存入自动存款机。询问存款的理由时，得到的回答是"为了养老"。她们说她们是在防备将来养老金制度崩溃。

这让我切实感到这个国家社会保障制度的脆弱性已经暴露出来了。

## 来面试的女孩有何特点?

要将这些女性的存在记录下来传达给世人，怀着这样的想法，我们来到了东京郊外的性服务派遣公司。

迎接我们的是一位叫三上(化名)的不到三十岁的男老板。三上大学时学的是经营学，看上去像一位年轻企业家。包括连锁店在内，这家公司一共有二百多名女孩在此工作，年龄大都在二十岁到四十岁之间。这家公司因为对女性的后援工作做得很到位，所以受到好评，不断有人希望前来工作。

未来几个月，该店将要打入东京的中心市场，现在正在筹建新办事处，生意蒸蒸日上。我们向三上询问了店里女孩的特点。三上一口气说出了数条：

- 人际关系破裂（与父母不和、被家暴、被虐待、没有朋友）
- 不具备适应社会的知识
- 没有贞操观念，对色情业不抵触（三上补充道：现在的女孩子有贞操观念吗？）
- 很多人有抑郁症等精神疾病
- 年纪轻轻就有了孩子
- 稀里糊涂地欠下债
- 对安眠药等处方药有依赖

接着他说道，店里的方针是不允许女孩们长期干下去，要不断地换新人，这样品质才不至于下降。而且对于女孩们来说，这里也不会使人生达到什么新的高度。

为此，三上很注重来店时的面试。从一开始他就让对方明确工作目的、工作期限和攒钱目标。我们第一天采访时就遇到一个十九岁女孩，面试后她直接就上班了。她属于那种很朴素的类型。据说半年前她以第一名的成绩从函授高中毕业。因为想去护士学校却拿不出学费，而自己又是单亲家庭出身，所以想靠这个赚出学费和一个人的生活费。三上让她定下二百万的目标，作为升学和独自生活的初期费用，并指导她根据这个目标制订具体的计划，如一周干几个小时，干到几月份为止。

面试并跟三上学了待客之道后，在踏入夜店门槛当天她就被送到客人那里。看着年仅十九岁尚且稚嫩的背影，我们如同目睹了一个现实：由于家庭环境不同，就连受教育的机会都有着如此巨大的落差。

**日本的百分百识字率只是说说而已**

三上给我们看了用于说明公司规矩和工作规则的手册，其中主要是插图，所有的汉字都标有注音。因为很多人，即使给她们文字材料，她们也看不懂，所以公司才开始使用这种手册。三上说在这里就觉得日本的百分百识字率只是说说而已，即使是能用智能手机发短信或大致能看懂字，很多人还是不能理解文章的内容。据说因为没有受到良好教育就进入社会，看材料也看不懂，不理解意思就稀里糊涂签字，结果上当受骗、欠下债务的女性也不在少数。

三上的店里有很多单身妈妈。这里也同别处一样有托儿所。很多人工作态度认真，所以在这里单身妈妈也备受重视。但偶尔也会接到托儿所打来的电话，说好几天没人来接孩子了。这时，三上就和工作人员找到孩子妈妈一起去接孩子，而且教育她要好好培养孩子，并关心她在育儿上有什么困难，充当心理咨询的角色。

年纪轻轻就生下孩子，之后又成了单身妈妈。这个年龄正是最想玩的时候，很多女孩不仅不打招呼就休息，甚至还把孩子扔到一边，自己同男人玩去了。三上每天都看到这样的母亲，不禁对日本的未来感到担忧。

## 自己想早生孩子，却又忽视他们

这是山梨县立大学教授、临床心理医生西泽哲接受采访时所说的话，他专门研究受虐儿童的心灵关怀。

幼年时代没有被父母好好抚养，也没有与特定的人组建亲密关系，越是这种女性就越想早点要孩子。很多人年纪轻轻就怀孕，她们对孩子抱有期望，相信孩子一定会让自己幸福。但是真正生出来的孩子不可能任人摆布，她们于是认识到孩子不可能成为自己的依赖对象，就会寻找下一个依赖对象，要么是男人，要么是酒……这样母亲渐渐地对孩子不感兴趣，开始忽视孩子的存在。

夜店老板三上的担心与这个心理分析不正是不谋而合吗？前面也提到过在他店里打工的女性，很多人没有良好的家庭环境，其中十五岁到二十五岁的年轻妈妈占有相当的比例。这些女性大都是初中毕业或高中没毕业，在学历方面处于不利的地位。家庭环境不允许她们专心学习，所以她们即使会用智能手机打字，也不擅长阅读和理解文章的内容。

“这样的女孩一个接一个地怀孕，然而她们又无法好好抚养孩子。由不能适应社会的母亲养大的孩子一旦增加，会导致日本的国力下降。在这种情况下，如果今后外国劳动力不断涌入，日本人是竞争不过他们的。”三上以他独特的表达方式对日本的未来表示了担忧。

对于这些，普通人应该是不太了解具体情况的吧。或者说很多人认为关于风尘女子的事不知道也无所谓吧！但社会是相通相连的。或许自己的孩子与她们的孩子在一个学校同一个班也说不定。进而，就像三上指出的那样，生活能力低的孩子的增加会弱化社会保障制度。既然如此，您还能够舍弃她们，认为这是与自己无关的世界而无需了解吗？

三上想让世人更多地了解风尘女子，为此，他允许我们在店内自由拍摄。

### 中学时离开单亲家庭，最终漂泊至此——二十七岁的幸惠

我在店内休息室中间的圆椅上坐下，表情大概略不自然。看到我的样子，女孩们都很友善地跟我搭腔，问道："你是新来的吗？"

不同年龄层有不同的上班时间。中午前后到傍晚是三十到四十几岁的妈妈们，晚上年轻女孩居多。大家都异口同声地赞叹待在店里很舒服、工作人员很体贴、什么事都可以找他们商量。在那里我遇到了非常活泼的、二十七岁的幸惠。她说她喜欢参加各地的祭祀活动，爱好是抬神轿。

她在单亲家庭长大，母亲是护士。因为与母亲不和，她中学时就离家出走，辗转住在朋友家中。虽然上过高中，但很快就退学了。她觉得一直呆在朋友家里也不是个办法，为了自立，曾做过在街头派发面巾纸等零工勉强糊口。那时她认识了一位很体贴的中年大叔。其实那位大叔是个诈骗犯，不知不觉地她就被骗了，欠了许多债。据说已经过去十年了，她还在还那笔债。

其实夜总会不到十八岁是不允许上班的，但为了还债，她谎报年龄到那里上班。但是她与店里人的关系没处好，再加上上班时间起不来，经常迟到、旷工，最后不得不辞职了。为了生存，

从那以后她就走上了卖身这条道路。

在色情交易场所上班一天可以拿到四万日元，但是她挥霍成性，钱一到手马上就花光了。店里的人很担心她，“他们像家人一样关心我，帮我想办法减少负债”，幸惠说道。夜店的工资基本上都是当日支付。为了防止她挥霍，店里人将她的部分工资装在信封里，放进店里的金库保管，帮她攒钱。

此外，她说店里的客人也在精神上给了她很大安慰。虽然知道他们之间只是假恋爱，但是听到对方关心的话语时，她还是会很开心。她说：“店里的人就是我的家人，这家店就是我的家。放假的时候我也会到这逛逛。”

在夜店打工的女性给人这样一种强烈的印象：她们大都在家庭、学校、职场和人际关系等方面受到排挤，结果就是最终流向这里。与其说她们主动选择这份职业，不如说她们除此之外别无去处。

就连在这份工作中遇到的短暂的人际关系也能填补心中的空虚，成为精神支柱，可见她人际关系的贫乏，一直以来的人生是多么孤独。在单亲家庭长大的幸惠，家里好像很穷，但是比起经济上的贫困，精神上的贫困应该更艰难吧。

她的母亲没有去寻找中学就离家出走的女儿。母亲再婚后，又多出了好多个素未谋面的兄弟，家庭关系很复杂。而且后来她告诉我们，小时候还受到过比自己大几岁的堂兄的性虐待。从她开朗的外表丝毫也看不出这种悲惨往事的蛛丝马迹。但是，即使到现在，她心情低落的感觉还会不断出现，发作时好几天都起不了床。驱逐她这种寂寞的是夜店里的工作人员和客人，她的评价让人感到心情非常矛盾。

## “即使女儿将来干这行也无所谓”——二十一岁的小花

店里介绍的二十一岁的小花非常开朗，偶尔还给工作人员带饭团，是个非常细心的女孩子。她有一个快两岁的女儿，托付在闹市附近的托儿所。托儿所离这里走路约十分钟。

小花十九岁时与在新宿认识的“牛郎”奉子成婚。婚前她做的是医疗方面的办公室文员。男朋友建议她辞职，所以结婚时她辞去了工作。但是结婚初期她就被丈夫的大手大脚拖累。丈夫的工作不稳定，月收入十二万左右。尽管如此，他还将这宝贵的工资用在老虎机上，小花怀孕期间也要为日常生活绞尽脑汁。

娘家虽然就在附近，但是生活也不富裕，还有个年幼的妹妹，她得不到经济上的援助。为此，小花在一家性服务者全是孕妇的另类色情店里一直工作到临盆前。

孩子出生以后，丈夫恶习不改，她每天都得为明天的生活费发愁，于是产后仅一个月她又重操旧业。一年后，她与那个不可救药的丈夫离婚。婚前他们住在廉租房，是小花在养家，而且孩子还小，所以她理所当然地认为丈夫该离开。谁知丈夫的举动出乎意料，他以“房子的名字是我的”为由，将年幼的女儿和小花赶出了家门。

如今小花已经有了新的男朋友，两人与孩子一起租房子住。她的工作也得到男朋友的认可。忙的时候，她会叫男朋友帮助接孩子。我们早上从小花家开始对她的一天进行了跟踪采访。小花虽然是中午上班，但做建筑业的男朋友一大早要出门，所以她早上六点就得起床忙活。上班前一个半小时她叫醒女儿，做各种准备。孩子还小，起床后心情不好，小花只能一手抱着女儿一手做早餐，同时还要把带到托儿所的晚餐做出来。剩下的饭菜用保鲜膜包好，放到冰箱里，俨然很会持家的主妇。

小花在店里一周工作五天。她很有人气，客人经常会点名要她。她每个月平均能挣三十万日元。她的爱好就是存钱，最喜欢翻看存折记录。她自己也加入了平安保险，还给女儿加了两份教育保险。存钱也是为了女儿的将来做准备。

让女儿吃完饭后，她开始准备上班。换上衣服、粘上假睫毛，她的容颜逐渐从母亲变成女人。从粘假睫毛的那一瞬间开始，她仿佛就从母亲切换到女人这一模式。化完妆后，就连说话的语气也从到目前为止的沉稳转变成娇嗲的工作模式。

她一边抱着孩子，一边回答我们的提问。她说："这份工作不长远，到二十五岁就该退了。辞职后我想去卖保险。"到这里为止我还能够理解她的心情。但是她又很轻易地放言说："这种工作工资高，如果女儿将来说想干这一行的话，我觉得我会同意。"年幼的女儿还在她怀里撒娇，当着孩子的面，她竟然说出这种话。

在和店老板三上谈话时，他曾反问，贞操观念是哪个朝代的事啊？或许在年轻人当中，这种意识真的不存在吧。

### 小学时代一直独自在家，几乎不上学——十九岁的小希

除了在这家夜店采访外，我们还遇到了其他很多从事色情行业的女性。她们中的大多数因为某种原因，陷入了一个黑不见底的世界。

家庭环境对她们确实影响很大。但从父母或者特定的人那

里能够获得多少爱、受到多少呵护，对于她们的下一代也有很大影响。

在采访时遇到的十九岁的小希，头发染得金黄，戴着好几个耳钉，现在正怀着孕，还在夜店上班。她说："做牛郎的男朋友在同一时期也让另一个女孩怀了孕，他选择跟那个女孩结婚，把我抛弃了。"她还说孩子出生后准备送给别人当养子。

年仅十九岁的她已是第二次怀孕。怀第一个孩子是在中学时期，对方跟她同岁，生完孩子后孩子就被男方的父母带走，从那以后就再也没见过，也不知道孩子去哪儿了。她的母亲不停地更换男朋友，依靠男人生活，根本不回家。为此小希小学基本都没上，一直一个人在家里呆着，经常靠母亲留下的几万日元维持一两个月。偶尔看见母亲回来，原来是被新男朋友打了。小希说小时候没什么美好回忆。她应该是没有跟别人一起吃过饭，拿筷子的方式完全不对。

或许是小时候的心理阴影，她对巨大的声响会产生强烈的反应。有一段时间，她曾在餐饮店工作，听到盘子被打碎的声音她的眼泪就止不住地流。几次三番以后，工作无法正常进行，于是她辞去了白天的工作。

她的最高学历是初中毕业，所以从一开始她就断了找工作的念头。她经常会情绪低落，不想见人，一个人躲在房间里。但是夜店里有很多跟自己境遇相同的人，跟她们在一起会很轻松。

她面无表情地小声说道："最近周围一些帮助过我的人在三十岁之前都相继自杀了，我也无法想象我的将来。"在她的心目中难道就没有梦想与希望这样的词语吗？

人们常说出生环境对学历的影响很大。学历低会影响职业。前面我们说过，家庭不稳定的女子容易早婚早育，而且早婚的人离婚率很高。早婚早育的女性缺乏在社会上通用的技能，使得就业更加困难。在日本，离婚后的女性基本上都没有得到孩子的抚养费，只有两成人能领到。这种现象一直被置之不理。

从采访中我们看到，被社会保障体系遗漏、排挤的女性最终流向的是色情业。在那里，不仅可以得到收入，还可以得到生活上和精神上的援助。当然这项工作对女性来说绝不是安全的，被要求做违法服务、怀孕甚至再次被逼到绝境的女性也不在少数。

**社会保障的溃败**

接受年轻女性的咨询并进行生活救助的普通社会团体“融合网横滨”的负责人——临床心理医生铃木晶子指出，援助经济困难的女性需要一步到位。

生活困窘者独自面对的问题涉及多个方面，如居住、就业以及育儿援助等服务。政府即使有相应制度，各个制度也是独立的，相互之间没有关联，这个现象经常被诟病。

年轻女性更是与援助很难沾上边。即使她们鼓足勇气到公共部门去咨询，一旦被驳回，就对此敬而远之，再也不会来第二次了。所以如何才能利用这仅有的一次机会捕捉到问题，与援助挂钩，并提供全方位的服务，是支撑起她们作为独立个体生活的关键。

2014年1月，在《Close-Up 现代》标题为“看不见明天——越来越严重的年轻女性之贫困”节目中，播出了色情交易场所开展的多样化的援助模式。当时作为嘉宾的铃木女士指出:“性产业形成了一个非常密实的安全网,从工作、住宅到患病儿童的托管无所不及。公共部门能提供如此周全的服务吗?答案是否定的。这可以说是社会保障的溃败,事实是性产业接手了社会保障的功能,在支撑着她们。”

为了防止人们陷入低保,以援助经济贫困者为目的,2013年12月出台了《生活困窘者自立援助法》,并于2015年4月开始实施。如何能让制度与处于贫困状态的人们联系在一起,并提供全方位的服务,地方政府和民间援助团体正在摸索拓展服务应有的方式。

色情机构成为救命稻草这一讽刺的现实,对于到底应如何对社会保障加以改进提供了思考的契机。

# 第五章　妊娠与贫困

宫崎亮希

（NHK报道局社会节目部　导演）

年轻女性与贫困，第一次将两个词联系在一起采访是在2012年秋天。

当时我属于《早安日本》新闻节目组，与村石记者一起制作了好几期新闻报道。我们都有孩子，并且对于虐待儿童、生殖医疗等问题感兴趣。但是，即便我们有过想要传达单身妈妈们苦楚的念头，也没有认识到隐藏在其背后的“贫困”这一主要问题。

## 与NPO组织“婴儿篮”的相遇

“有一个地方有惊人的举措。”村石记者所说的正是茨城县的NPO组织“婴儿篮”。

“不受欢迎的妊娠”（现在出于对孩子的考虑改为“意外妊娠”）是导致儿童虐待的主要原因之一。它使母亲很难接受孩子的存在，不接受妊娠检查，而是突然到医院生子，或者生完孩子后忽视孩子。有一段时间接连发生弃婴事件，在进行“意外妊娠”的采访中，我们遇到了这个叫做“婴儿篮”的NPO机构。

“婴儿篮”是一个非营利中介机构，它将怀孕却无法抚养的女性生下的孩子介绍给想要孩子的夫妇收养。日本全国有十五家这样的机构。大多数机构是在孩子出生后到医院从母亲那里抱走孩子。不同的是，“婴儿篮”为怀孕的女性准备宿舍，一直帮助她们到生完孩子为止。

为什么要帮助这些抛弃自己孩子的女性呢？通过对这个NPO的采访，我们才初次认识到，妊娠对一部分女性来说，不仅不是可喜可贺的事，还是一个威胁到生存的巨大危险。

**在举目无亲的城市里等待分娩**

从日本铁路土浦站开车大约十分钟，我们来到一个地方。从这里出发，我们一边由侧面欣赏着山旁的巨型宗教寺院建筑一边顺着山路往上爬，眼前出现了六间大约有三十年房龄的平房。最里面的那一间是NPO组织“婴儿篮”的负责人冈田卓子的家兼办公室。

“从东京大老远地跑来，真是辛苦了。”冈田笑着，用茨城口音大声招呼道。她个子不高，却像个能量块似的，浑身充满了力量。她自己有过领养孩子的经验，对于弃婴事件络绎不绝这件事感到疑惑。作为挽救儿童生命的手段，她决定扩大领养家庭的数量。因此她从十几年前就开始这项事业，并于两年前创立了独立法人NPO。

“详情我们到母子宿舍里聊吧。”冈田把我们领到了她住处旁边的一间平房里。她从母亲名下的六套房子中拿出两套作为怀孕女子的宿舍。我们来到的这座房子有一种昭和时代的感觉。地板是木制的，门窗玻璃雕有复古的花纹，浴缸是正方形的——就是在老式住宅里经常能看到的那种类型，安装在水泥地上的。

“房子太旧，夏天热、冬天冷，但也比漫画吃茶店什么的舒服多了吧。”冈田爽朗地笑道。一间房子住两个人。一个人生完孩子走了以后，第二天就有人住进来。最近宿舍基本上都是满的。

身怀六甲的年轻女性从全国各地聚集到茨城这座小镇上。真的会发生这种事情吗？正在我诧异的时候，冈田女士的手机响了。

“现在几个月了？”

“去做过孕检吗？”

“你男朋友呢？不接电话吗？”

电话里传出的是女孩的声音。问题很严重，冈田女士大概已经习惯接这种电话了吧，很平静地打听出想要了解的信息。在我们谈话的两个小时当中，她频繁地接到来自全国各地的女孩们的电话。虽然也有骚扰电话和“我没避孕，会怀孕吗？”这样令人无语的咨询，但大多数电话是错过了堕胎时机、自己又没有能力抚养孩子的年轻女孩在迫切的情况下打来的。

她说道：“七八个月还算是好的，有的是一次也没做过孕检，再有一周就要生了才来。更有的女孩都快要临盆了，因为没有地方住，只能在网吧里混日子。”

冈田女士介绍的一个又一个故事，每一个都有些匪夷所思，令我惊讶得忘记做笔记。然而这就是冈田女士的日常生活。

“绝大多数女性没有经济实力，无法维持生计。女孩子家又不能露宿街头，已离家出走的她们或是借住在不同朋友的家里，或是掩藏已怀孕的身子在夜店打工，只要还有钱就在网吧里过一天算一天。这样的人有一两个也就算了，没想到竟然这么多！一年中会遇到很多这样的人，看来在现今女孩们的世界里，这种情况并不罕见。这不禁让人想问，日本到底是怎么了？”

女孩们的情况千差万别，有的人甚至让人感觉不到她对怀孕的重视。但冈田女士说，只要不迷失保护孩子这一目的，援助怀有孩子的母亲这个方针就不会变。

“我相信除个别人外，几乎所有的人都是像抓住了一根救命稻草一样来找我求助的。虽然母亲的问题也堆积如山，但我们将重点放在让她们生下健康的孩子这方面，首先要解决吃、住和医疗这三个最基本条件。”

妊娠与生子这两件事会使女性的身体和生活发生重大变化，正因为如此才更需要周围人的大力支持。从我个人经验出发，在没有丈夫、没有亲人的条件下生孩子，那种不安全感也是无法想象的。

女孩们在举目无亲的城市里投靠陌生人等待分娩，是什么将她们逼迫到这种地步呢？无论如何我都想弄清楚这一点。我们从“改变领养给人的不良印象”这一观点出发，在得到大力配合我们采访的冈田女士的许可后，决定对在NPO组织中等待分娩的女孩们进行长期的跟踪采访。

## 怀上了前男友的孩子——二十九岁的真由

我们是2013年1月开始采访的，在冈田女士那里遇见了已经住在宿舍里的二十九岁孕妇山本真由（化名）。她个子很高，将近一百七十厘米，脸上没有化妆，是个眉目清秀的美女。染成亮色的头发和做过美甲的摩登感，与她在被炉前喝茶的样子显得很不协调。

出生于东北地区的真由高中毕业后来到东京，主要靠在夜总会打工维持生计。最后做的那家店，用真由的话来说，是家上档次的高级店。真由有一个交往了很多年的男朋友。对方与她同岁，在歌舞伎町的牛郎店上班。他们已经住在一起，如果告诉他怀孕的事，他一定会说那就一起养大吧！

但是真由怀的是别人的孩子。几个月前，真由与现任男朋友曾因吵架分手了一段时间，她怀的正是这段时间内交往的那个男人的孩子。与男朋友复合后不久她就发现自己怀孕了。

“世上没有哪个男人会对怀了前男友孩子的女朋友说‘可以生下来’吧。冈田女士也说过这不太可能，不会有人能有那么大的肚量会连前男友的孩子都一起抚养。我也这么认为。”真由自嘲道。我们可以理解她不能轻易接受前男友的孩子的心情。眼看着肚子一天一天地变大，走投无路的真由联系了分手后一直没有见过面的孩子的父亲。

“我说变成了这个结果，没有办法只得打电话给你，但他说等想好后再联系我，之后就再也没有消息了。当时我也没搞清状况，有点不是当事人的感觉，说得很平静。正常的话不是应该这么说吗：‘这是你的孩子，你要负责！’”

夜总会的收入大约有五十万日元。真由喜欢手工艺制作，为了开一个卖手工制品的网店，她把全部存款都投了进去，因此她手头没有钱。然而肚子越来越明显，她不得已只能辞去工作。又因付不起房租，租的房子也被解约了。无奈真由只得寄住在男朋友家里。随着肚子越来越大，她终于忍受不了这种尴尬的气氛，跑到漫画饮茶店里去了。这时她在网站上发现了“婴儿篮”的网页。

“我一大早就给冈田女士打电话，大概是凌晨三点左右。我不知道第一句应该说什么，一直沉默着，冈田女士说你大概还没下定决心，等决定好后再给我打电话吧。要是没有找到这里，我会怎么样呢？”

## 即使有家人朋友，能依靠的也只有陌生人

真由像已经决定不再烦恼一样，很平静地讲述着自身的经历。从怀孕开始她的人生就急转直下。为了拍摄，她给我们看了她在夜总会工作时候的照片。她挽着高高的发髻，身穿亮闪闪的公主裙，手举着红葡萄酒杯。这是她与同事们喝到通宵时的照片。那时店里有经常光顾的老顾客，走在歌舞伎町的街上也有很多朋友跟她打招呼。可如今怀孕的真由，一个人坐在土浦小平房的被炉前。行李只有一个拉杆箱，身上的衣服还是以前住在这里的人留下来的孕妇装。钱包里只剩下几千日元。

“不能依靠家人吗？”我问道。她的父母早已离婚，真由管母亲叫“妈咪”，她的微博上还有两人的合照。她有个年龄相仿的姐姐，家庭关系似乎很融洽。对于我们的提问，真由只是说没有告诉母亲自己怀孕这件事，反复强调这是自己种下的苦果，再没有做更多解释。从她的讲述中，我们到最后也没有弄明白，真由不能向家人求助，却能跟在网上认识的冈田女士倾诉的原因是什么。

“我跟姐姐说过我在这里。但是我们家怎么说好呢？是个

允许独立自主的家庭，无论做什么父母都不会阻止，自己决定的事就去做吧，给人这种感觉。当然姐姐也是这种观点，她说你自己决定好的话就照做吧！”

即使有家人和朋友，真由仍然是一个人。

冈田女士也曾说过：“父母健在却无法向其倾诉，或者单亲家庭，母亲（或父亲）很少回家。像这样因家庭关系破裂而前来找我的人特别多。无法向离自己最近、最应该帮助自己的人吐露心声的女孩竟然有这么多。”

## 产后即刻在夜总会复出

开始采访大约一个月后，真由生了一个3.88公斤的女孩。孩子眉清目秀，非常漂亮。想到从她在妈妈肚子里开始我们就有接触，她的平安出生让我们感慨万千。我们探望了出院后的真由，现在她最关心的不是孩子的事，而是今后的生活应该怎么办。

真由一直用手机不停地搜索价格低廉的群租房。这种房屋不需要给房东见面礼金[①]，离市中心近，非常受欢迎。真由抱怨说，女性专用的房屋价格稍微贵了一点。生完孩子还不到一周，真由已经要出去工作了。“先靠入店体验挣点吧！”所谓“入店体验”，就是夜总会的前期体验性工作。入店体验与成为正式员工不同，可以当天领工资。真由打算先在不同夜总会体验性地工作几天，以便在短时间内攒足一定数量的现金。

“生完孩子后感觉一下子回到了现实，真的。这个也要想，那个也要做。现在必须要真正开始担心今后的生活了。群租房

① 日本租房的惯例，除了交押金、需要有担保人以外，第一次见面要交给房东礼金，首期费用加总相当于数个月的房租，房客初期负担比较重。——译者

虽然不需要见面礼金，但最终还是需要类似押金这样的东西。首先要攒够十万日元。虽然身体很累，但也没办法。不能喝酒也没关系，坐着就行。只要能坐下来。可是这圆鼓鼓的肚子怎么藏好呢？勒紧了蒙混过去吧，能蒙混过去吗？”

常听人说产后最好让身体休息一个月。这九个月来一直支撑着孩子的身体受到了巨大伤害。肚子不会轻易地缩回去的，会阴的伤口没好也不适合久坐。真由不仅要喝回奶药，而且还严重贫血，产后不可能马上到夜总会上班。我们劝她应该去找政府部门商量，领取低保，但是她没太大反应。

“有类似低保审查这样的东西吧。去了的话能当场领到吗？有靠低保抚养孩子的吗？但是他们又在哪里呢？生完孩子不就能干活了吗？总有办法生活吧。身体累也是理所当然，没有办法。不过，我已经好几个月没有喝酒了，真担心还能不能喝了。”

## 只抱过一次的宝宝

生完孩子的第九天，真由决定离开宿舍。问她要到哪里住，说是去前男友家。这几天他们互相联络，准备再一次复合。她不用马上拖着这样的身体去夜总会工作，我们稍微放了点心。

离开宿舍同时也意味着要与孩子分开。在办理同意将孩子送给养父母抚养的手续时，我们架起摄像机见证了这一时刻。

做完离开的准备后，真由的表情轻松了许多。怀孕期间只看见过她的素颜，如今她化好妆，穿上了深蓝色的线衫和短裤，从这身打扮中很难看出她几天前刚生完孩子。

冈田女士拿着资料走了进来。她没有露出严肃的表情，而是很平淡地办着各种手续。想必她是不想扰乱母亲的心绪吧。

因为她多次办过这样的手续,所以才会采用这样的方式。

听着冈田女士的说明,真由一边郑重地点着头,一边不断地在资料上签字、盖章。资料内容是不能抚养孩子的理由、将孩子作为特殊养子托付给养父母等。据说这些资料日后将被用于向家庭法院申请特殊养子关系时使用。真由认真地写着自己的名字,看不出丝毫的犹豫。

填完资料后,冈田女士回到家中将真由生下的孩子抱了回来,因为她想让真由在分别前抱一次自己的宝宝。在"婴儿篮"这里,生完孩子后母亲与孩子没有接触。刚听到这个规定时,我感到很残酷,但这个想法是出自冈田女士多年的经验。

生完孩子后母亲的精神状态很不稳定,有的是产后抑郁,有的则是精神亢奋。让她们长时间接触宝宝会动摇她们之前的决定,有不少女性提出要自己抚养孩子。经过深思熟虑后决定自己抚养的话,冈田女士会让宝宝跟妈妈走。但是即使对孩子产生了感情,之前迫使她们将孩子送给他人的生活环境在生完孩子后并没有改变。实际上就有人中途反悔将孩子领回家,几个月后又打电话来说还是没有办法抚养。在孩子与母亲产生感情后再将他们分开,对于孩子来说也是一种严重的伤害。为了避免这种事情发生,冈田女士限制母亲与孩子的接触,让女性们冷静地思考今后该如何生活。

但冈田女士会让妈妈们在离开之前抱一下孩子,她想让她们记住自己生过孩子这一事实,在下一个孩子出生时能够过上更好的生活,可以怀着喜悦的心情迎接他们的到来。她希望她们能对孩子说:"有你生下来真是太好了。"冈田女士的愿望都包含在这"最后的拥抱"中。

收养真由孩子的养父母已经定下来了，是住在九州的一对夫妇。女方已经四次流产都没能怀上孩子，最终选择了领养特殊养子的道路。孩子的名字由养父母来取，在家庭法院取得领养关系的认证后就正式成为养父母的孩子了。

真由从冈田女士手里接过孩子，她很小，真由两个胳膊便能轻松抱过来。真由始终面带微笑，抚摸着孩子的手和脚。

冈田女士轻声问道："你有什么嘱咐吗？希望他们成为什么样的父母，或者希望把孩子培养成什么样的人？"

"希望他们能一直陪在孩子左右。因为这是我最无法做到的事情。"

与孩子相处的时间不到一个小时就结束了。

"那么，我抱走了。"冈田女士对一直抚摸着孩子小手的真由说道。

真由默默地点了点头，冈田女士抱着孩子走了出去。

看着在眼前发生的一切，我们完全不知道说什么好，只能静静地坐在那里。

"这样真的可以吗？"或许我们该这样问，又或许不该问。但是我们一句也问不出来。

听到门轻轻关上的声音，真由的眼泪再也止不住了。她没有哭出声来，只是静静地掩面而泣，泪水从她覆盖着双眼的指缝间流了出来。到生完孩子为止她从来没有动摇过决心，我们只能默默地看着她流泪。

真由回到了男朋友所在的歌舞伎町，不久之后我们又有缘再次遇见她。生完孩子后，她的生活还是一如既往。与爱赌博的男朋友仍然经常吵架，夜总会的工作也辞不了。然而她说话的语调却特别轻松愉悦，完全找不到与孩子离别时悲伤的影子。之后她到名古屋的不夜城去上班，我们就逐渐失去了联系。

在《早安日本》节目中，我们从真由的分娩以及与孩子的离别，一直播放到孩子由冈田女士送到养父母手中。原本我们是从如何保护孩子生命这一视角出发的，但是现在我更加挂念的是只能依靠“婴儿篮”这个机构，在经历了常人无法想象的与孩子的离别后又再次回到从前生活的妈妈们。

为什么她们如此孤立，孩子的父亲都在做什么？送走了自己的孩子会给她们自身带来什么影响？对于这些不断涌现的疑问，我不知道能否找到答案。但我想继续关注这个问题。在得到冈田女士的允许后，我们决定以“婴儿篮”为舞台制作一部纪录片，为此我们继续采访。

**只背着维尼熊包、来自网吧——二十三岁的阳子**

“有一个住在网吧的孩子打电话来了。”

冈田女士跟我们联络的时间是2013年6月。打电话来的是一位二十三岁的女孩。手头的钱全花光了，没有住的地方，所以想住进宿舍。我们同冈田女士一起奔向约好见面的上野车站。那里正赶上下班高峰。冈田女士的手机里收到了来自女孩的短信，写有自己的特征：

“我穿藏青连衣裙，背着维尼熊图案的包。”

“说是有二十四周了，那就是六个月左右。前天是第一次去医院检查。在电话里说得很明确。她还说虽然很不好意思，但是情况就是这样。这是个做事很稳妥的女孩。”

比约定的六点晚了二十分钟，女孩出现了。她叫片山阳子（化名），留着齐肩的短发，身穿蓝色带白点的连衣裙，手里拿着一个大型维尼熊图案的塑料包。冈田女士赶紧走过去接过她的包。

冈田女士和阳子上车后直奔土浦。刚开始女孩惊讶地望着我们，说明来意后她同意接受采访。据说她是看到NHK的节目后才知道“婴儿篮”的。

途中的一个半小时，阳子受到了我们和冈田女士连珠炮式的发问。问题也是简洁明了。

冈田：你自己的东西呢？

阳子：什么都没有，只有一个包。

冈田：在网吧很长时间吗？还是换来换去？

阳子：去过两家。

冈田：时间长的话便宜吗？

阳子：不便宜。一天三千三百五十日元。

关东出生的阳子父母离异，曾与母亲和哥哥生活在一起。后因与家人关系不和，高中毕业后来到东京，在带宿舍的夜店打工，每个月能赚三十万日元。但是她迷上网游，收入几乎都花在打游戏上面，最后因付不起房租而不得不在网吧度日，在此期间她发现自己怀孕了。

阳子：大概是4月末吧，我感到恶心，好像是妊娠反应。

冈田：你是怎么怀孕的？你自己不知道孩子的父亲是谁吗？

阳子：是的。

阳子几乎没有提到孩子的父亲。当时她跟我们什么也没有说，但是在之前跟冈田女士的交谈中，她曾透露与不特定的人发生过关系并收受钱财。

阳子：基本上每天都过得紧紧巴巴，所以跟对方在一起的时候，钱包里只有几百或几千日元，也顾不了那么多。因为有避孕，我以为不要紧。

冈田：不管生活多辛苦，也不能靠这种事赚钱生活哦。你自己也有一定要从这种工作中抽身的想法吧。

阳子：当时已经知道自己怀孕了，我这也是为了生存嘛。

## "坦白地说我没有做母亲的欲望"

冈田女士与阳子谈话内容的深度让我们感到震惊。而更让我们感到不舒服的是阳子说话时的语气。她的声音好像动画片里的人物，虽然清脆动听，但是话说得很生硬，对冈田好像也很生气，有点马上就要爆发的感觉，让人很介意。

她的言行似乎已经忘记了肚子里还有一个小生命，一旁的村石记者实在忍不住了加入提问。

村石：没有自己抚养这个选项吗？

阳子：不行，因为我自己都不想活了。我还在想是不是一起上吊死了会更好些呢。

村石：你不想堕胎吗？

阳子：与其说是不想堕胎，不如说真的堕不了，经济上不允许。

村石：对于孩子你是什么样的一种感情？

阳子：感觉孩子很健康，胎动很厉害。要是问我有没有做母亲的欲望，我可以坦白地说，没有。

我们不约而同地望向了对方。

对于肚子里的孩子，阳子丝毫没有关怀的语气。但是阳子也曾在一段对话中流下眼泪，那是冈田女士问她关于网游的事情时。

冈田：待在网吧里，自己不觉得痛苦吗？

阳子：周围有很多网络玩家。他们都是朋友，或许比朋友还亲，感情很深厚。说到这您可能认为我要讲男人的事。在这些玩家当中有一个人很喜欢我，虽然我并不认识对方。我跟那个人说，我自己有问题，你还是不要选我这种人为好，去喜欢那些普通的女孩子吧。但是对方却说他已经做好心理准备了。

冈田：所以你才停止（自杀）了吗？

阳子：从那以后我就觉得天无绝人之路吧。

冈田：那你不能去他那里吗？

阳子：我也不认识他啊！只是听过声音、发过文字而已。

阳子摘下眼镜，一边擦着眼泪一边说道。

回到老家就有家人，而且肚子里还有孩子，即使如此，能够支撑她的只有在网游里认识的仅听过声音、发过文字的人。虽然我对她说的话没有共鸣，但她的确是一个孤独感很深的人。

话题结束后，一直到土浦为止，阳子始终望向窗外没有转过头来。

**不知道孩子父亲是谁——二十三岁的理惠**

还有一个令人难以忘怀的女性，她就是怀孕八个月来到土浦的二十三岁的吉冈理惠。

我坐上冈田女士开的小排量汽车，到土浦火车站去接理惠。等在那里的是一位身穿彩色长裙的漂亮女孩。

"谢谢您特意来接我。"

她很活泼开朗。进入宿舍后她很体贴地在玄关把大家的鞋子摆好。理惠酝酿出一种反客为主的氛围。我怯生生地提出"我们正在录制"，她微笑着说："知道了，如果我能帮上忙的话。"让我们一时竟不知所措。

对于冈田女士的提问，她也是有问必答。

冈田：什么时候知道自己怀孕的？

理惠：从八月到十一月一直有像月经一样的东西，每次一周。十二月份有一次不正常的出血，两天后就结束了，虽然觉得很奇怪，但我原本月经就不正常，于是就决定再观察几天。但是还是一直没有来月经，所以我就想二月份再去医院看看，结果二月份肚子就出来了。

冈田：哎呀。

理惠：我问我妹妹，她说是不是因为月经没来肚子发胀啊？我也真害怕了，买来验孕试纸一检查，结果是怀孕了。我以为还勉强来得及堕胎，先到医院看看。第二天去了医院，医生说已经不能堕胎了。

理惠出生在关东附近的一个海滨城市。高中毕业后，她白天在当地的发廊、晚上在酒吧打工。在酒吧里认识的朋友劝她去东京，于是她就来到东京的夜店上班。租房子时的押金和生活费都是用信用卡贷款，为此她欠下了几百万日元的债务。

"一文不名、凭着一腔热情离开家乡，刚开始连生活费都没有，所以我在夜店干过一段时间。我完全不知道（孩子的父亲）是谁。最近一直在做性派遣服务，估计应该是那里的客人吧。我没吃过避孕药，也多次做过那种危险的事。"

当时我对夜店这项工作一无所知，只知道"性派遣服务"一般是指女性在单间内为男性提供性服务的夜店。但具体有哪些行为，除此之外还有哪些种类我也不清楚。不过真正的性行为是不允许的，那么为什么她还会怀孕呢？现在想来我真是孤陋寡闻了，当时理惠的话听得我是一头雾水。

理惠怀上了客人的孩子，连对方长什么样子都记不清了。从这一天开始我们就要面对她心里的阴暗面了。

## 孩子父亲留下一句"请多保重"就走了——十九岁的纱织

理惠所住的宿舍里还有一个女孩，她是还在上信息技术学校的十九岁的原纱织（化名）。她跟同龄的男朋友分手后才发现怀孕。纱织跟理惠一样都是过了堕胎的期限才发现怀孕。迄今为止我们采访过很多女孩子，她们大多即使发现月经延迟也以月经不正常为由而置之不理，直到肚子大了才发现怀孕。我们注意到很多女孩生活节奏紊乱、吃饭不定时、对自己身体的变化反应迟钝。

纱织是我们在“婴儿篮”里遇到的年龄最小的。她非常活泼，喜欢游戏和动画片，有时还会调侃男摄影师几句。她不仅没有安静的时候，有一次还趴在床上，以肚子为支点，四肢向上抬起来玩；还说肚子是个很好的垫子，被村石记者狠狠地骂了一顿。

了解具体情况后我们才知道，就算这么调皮可爱的纱织，到这里来也是经过一番思想斗争的。她给我们看了手机里孩子父亲的照片，一改往日的表情讲述起自身的经历来。

“这个时候我们关系还很好，大概是11月1号吧。起初我们避孕了。也就是第一次那样做过，后来那家伙总是说没带（避孕套）。叫他去买，他就说对不起什么的。他就是明知故犯。迄今为止没怎么避孕，所以就大意了，因为一直以来都没事。”

当今社会孩子越生越晚，十九岁怀孕是让人觉得太早了。但据说在纱织老家的高中里，这绝不是什么新鲜事。

“有四十几个人（退学）消失，所以大概会少一个班左右（的学生）。其中大部分是男同学，有的是脑子不够用，有的是嫌被罚闭门思过太麻烦就干脆不念了。女孩子不念的话，若是问起她在干什么，一般都是说她生孩子了。”

纱织被告知只能生下孩子时，也曾下决心自己抚养。虽然与孩子的父亲分手了，但若是跟他说怀上孩子了，或许他会说“那就结婚把他(她)养大吧”。纱织内心曾这样期待过。如果对方这样说的话，纱织就会与他结婚。但是对方完全没有这个意思，坚持说孩子生下来我也不负责。到后来，孩子的父亲对往回走的纱织说了一句令人难以置信的话。

“他竟然说‘请多保重’！我真想当场揍他一顿。但我强压着怒火，笑眯眯地对他说再见。虽然我没有哭，但心里感叹这家伙指望不上啊！妈妈听说后说男人都是一个样。”

孩子的父亲不负责任地走了。即使如此，如果有父母的帮忙，纱织还是可以选择单亲这条道路。然而她说被前男友拒绝时，就放弃自己抚养孩子的念头了。纱织坚持结婚是有理由的。

她四岁时父母就离婚了。单亲家庭在她小学时代经济条件非常差。后来母亲再婚，虽然和继父生活在一起，但是夫妻关系不和，总是吵架，很多时候都是纱织在中间调节。

“我不想让孩子跟我有同样的经历。我也不想让他(她)过上贫穷的生活。我曾经有一段时间一会儿到爸爸家住，一会儿到妈妈家住。我自己走过父母离异这条路，正因为体会到了当中的苦楚，所以才觉得单亲的孩子很可怜。”

在宿舍期间，纱织也在为了迎接学校的考试做准备。生孩子要留级一年，学费负担也会增加。她很在意这一点。我至今也忘不了她一脸愧疚地边抚摸着圆滚滚的肚子，边说我想早点工作、早点把钱还给母亲。

## 肚子里的孩子动一下都觉得恶心

开始采访理惠两周以后，我们陪她一同去孕检。为了防止体重增加，她每天晚上都在河边散步，身体状况好像还不错。

理惠去的是市内一家妇产科医院。这里是“婴儿篮”合作医院，来冈田女士这里的女孩子基本上都在这里检查、分娩。她们大多数都没有做过检查，属于高危孕妇。不少人通过超声波检查才知道原来预产期与自己想象的完全不一样。还有人被发现患有梅毒等严重传染病。要找到能够理解女孩们的状况并愿意承担风险的医院比什么都难，冈田女士反复强调说。

坐在候诊室的理惠样子稍微有点奇怪。她没有将手放在已经隆起的肚子上，两只手像立正时一样放在腿两侧，没有一点想要抚摸肚子的意思。

“怎么说呢？或许我很冷淡，我没有跟肚子里的孩子说过话。刚开始胎动时我只是觉得恶心。我知道肚子里有孩子，但是我只能把他（她）当作一个物体，不生下来不知道什么感觉。”

她的话让我觉得脊背一凉。对我们总是彬彬有礼、称冈田女士为“救命恩人”的理惠，竟然对孩子抱着这样的认识，这让我们震惊。尽管如此，想到孩子父亲是夜店客人这一事实，让她去爱孩子也有点说不过去。

然而她又说出了一句令人意外的话，说是想让孩子长得像自己。孩子的存在本身都令她感到恶心，为什么还希望像自己呢？这里隐藏着理惠对孩子的最低限度的关爱。

“不像我怎么行？对方是谁也不知道，就会有‘这是谁呀’这种感觉。我最讨厌的就是他父亲这种人，孩子可千万别像那种莫名其妙的人。那是我在这个世界上最讨厌的人种。要是像他就太令人讨厌了，那孩子就太可怜了。”

## “能过上普通人的生活是件多么美好的事情啊！”

理惠被叫进了检查室。接受完孕检的理惠一脸愁容，据说子宫口很紧，分娩还要等很长时间。“怎么办？我想早点生下来，看来还要多走走。”

从医院出来的理惠没有回宿舍，直接去河边散步。

她走路的速度不像一个孕妇：一边听着音乐，一边表情严肃地一直往前走。我们从旁边搭话都觉得有点喘不过气来。怀孕中的女性为了控制体重，一般要多散散步，而且适当的运动有助于更顺利地生下孩子。

然而理惠每天热衷于在河边散步并不单是为了这个原因。她是为了孩子早一天生出来，因为她还有很多债要还。

“我想早点回去，也想早点还钱。虽然有的钱可以慢慢还，但有的很急。着急还的钱金额很大，恐怕光靠白天的工作是不够的，还得从陪酒做起。比起生孩子，我更担心这方面的事。”

在“婴儿篮”的集体生活过得很平静。宿舍规定家务事要自己做。原则上买食材也要自己掏钱，但冈田女士会给身无分文的女性食材费。偶尔冈田女士的母亲也会送来地里种的蚕豆、菠菜等蔬菜。

理惠代替不会做家务的纱织负责打扫卫生和做饭。“她做什么我就吃什么。我帮忙的话反倒添乱。”纱织天真地笑着，年长的理惠很愉快地照顾着她。

一天傍晚，理惠一边做着味噌汤一边小声感叹道：“感觉这就是普通人的生活。”

夜店的工作从傍晚开始，通宵与客人为伴，回家时已是工薪阶层人们上班的时间。昼夜颠倒，不喝个酩酊大醉就睡不着。“能过上普通人的生活是件多么美好的事情啊！过上这种日子后我觉得这才有种活着的感觉。”她的话让人心中顿感凄凉。

色情业这份工作到底给她带来了什么样的生活呢?

怀上夜店客人的孩子,到了这个以抛弃孩子为前提的地方才第一次体会到普通生活的美好。对于这样的她,我找不出安慰的话语。

### 希望孩子至少能长得像自己

七月上旬,理惠生下一个男孩。

从分娩室的走廊隔着玻璃可以看到理惠的孩子,他被放在新生儿室的保育箱里。虽然刚出生,他已经睁开双眼,感觉长得很像理惠。

手术后的理惠躺在担架上从分娩室里被推出来。为了防止被拍到,我和村石记者急忙躲进了空病房里。走廊只留下摄像师来拍摄理惠被推进病房的情景。完成医院的拍摄回到编辑室看录影时,我感到心情很悲伤。

推着理惠的担架在放有婴儿保育箱的新生儿室前停下。理惠转过脸,隔着玻璃望向婴儿。大概是因为躺着看不太清楚,她眯缝着眼睛注视了一会,然后转过头来,不止一次地询问摄像师:“长得像吗?”

或许今后再也见不到自己的孩子,再也无法确定他与自己像不像。即使如此,理惠到最后都希望孩子至少能像自己一点,而不是像他那不知名的父亲。

## 怀孕夺走了一切,包括工作、住处和人际关系

我们在“婴儿篮”遇到了很多女性,多得写也写不完。

有的是孩提时代受到虐待，有的是男友、配偶肢体暴力或性暴力的被害者。我时常想，如果她们能得到备受关爱的抚养，或者是遇到更珍惜自己的爱人，她们的人生一定会是另一番光景。

看到这些女性让我痛感到一个现实，那就是怀孕在瞬间剥夺了她们安定的生活。非正式雇用的女性怀孕后失去工作和住处自不必说；即使是正式职工，也有人最大限度地隐藏着身孕，借口说是得了急病，然后在此期间把孩子生下来。我曾经就遇到过这样的女性。

她们在不能工作的期间，没有人可以依靠。很多女性与父母和兄弟姐妹的关系淡薄。有的不知道父母是否还活着，有的人是想依靠但对方却反过来跟她要钱。男朋友和丈夫也不靠谱，一旦被告知怀孕就音信全无。这种事我们在采访时已经多次听说。虽然每天都通过短信和Line聊天，但真正需要的时候连对方的住址和工作单位都不知道。

在没有他人帮助的情况下，要安然度过妊娠和分娩是非常困难的。社会应该扶助那些得不到家庭、配偶和公司支持的女性，让她们即使没有经济实力也可以放心地生育、抚养孩子。如果没有形成这样的支援体系，那么被逼得走投无路的母亲们的悲剧还将上演。每年从日本各地涌向“婴儿篮”的咨询就多达七百多件，我们必须正视这一事实。

# 第六章　代际传递效应

板仓弘政

（NHK 报道局社会部　记者）

为什么现在经济困窘的女性在增加？

贫困问题此前也曾成为各个时代的重大社会问题，但那基本上都是跟男性有关。从某种意义上来说，年轻女性的贫困问题一直被忽视。

## 穷忙族、派遣合同解除和贫困固化社会

2006年和2007年是崇尚自由竞争和自我责任的年代，其中一定有人没跟上时代的潮流而被淘汰。我们独家采访了所谓“贫困层”的实际状况——无论怎么工作也不能脱贫——并在NHK特别节目《穷忙族》中进行了一年以上的持续报道。

2008年美国投资银行雷曼兄弟破产引发的雷曼危机导致了世界规模的金融风暴。在日本，以汽车产业、电机厂等为代表的制造业大规模地停止与派遣劳动人员续约，随之而来的是派遣公司解雇员工并不再雇用新员工。这就是所谓的“派遣

员工裁员”问题。NPO在东京日比谷公园内开设“派遣部落”[①]正是这个时代的一个象征，连日来各大媒体争相报道。

但大部分新闻是以男性的困境为焦点，如失去了正式工作或合同得不到续约等。通过这次采访调查，我们了解到在这种背景下，女性的贫困，特别是年轻女性的贫困正在悄悄地蔓延。我们还发现了在《穷忙族》节目中没有过多提及的事态——父母的贫困正在向孩子们代际传递。

因为女性们的贫困问题被置之不理，所以最终形成了贫困在向下一代传递的现象。

## 拖着拉杆箱的“充电少女”们

东京新宿车站是可以乘坐日本铁路、京王电铁、东京地铁、东京都交通局地铁（都营地铁）的巨型交通枢纽，周围林立着很多家百货商店和服装店，里面到处都是前来购物的年轻女性。这里一天的平均上下客数达三百多万人次，居世界第一。

在这熙熙攘攘的人群中，不断有拖着色彩各异拉杆箱的女孩出现。箱子为粉色、天蓝色等水粉色，上面或是画着著名动画片里的人物，或是点缀着亮晶晶的装饰物，样式多种多样。晚上九点半，百货商店等购物中心已经到了关门时间，咕噜咕噜地拖着拉杆箱的女孩格外引人注目，乍看上去她们像是从外地来旅游的。

---

① 2008年年底和2009年年初的时候，NPO组织为了给失业又失去住处的派遣职工“送温暖”而设立的临时庇护所，引起日本媒体广泛关注。——译者

当我们逐一询问这些拖着拉杆箱的女孩后，才知道她们大多数付不起房租，四处徘徊在营业到深夜的各种店里，唯一的安慰是手机。

在通往新宿歌舞伎町的路上，一位拖着斑马条纹拉杆箱的年轻女孩就是其中的一员。“我十八岁。”低眉回答我们的这个女孩拖着一只拉杆箱辗转在网吧和熟人家里。她看上去是一个很普通的女孩，打扮得很漂亮，跟“贫困”这个词的形象完全不符。可是听说了她的身世后，才知道与光鲜亮丽的外表不同，她背后的经济状况十分严峻。

“我出身于单亲家庭，小学三年级的时候父母离婚。妈妈一个人养活我和妹妹，但是一直没有钱，生活很艰难。因为我们家不富裕，妈妈早上六点就要离开家，第二天凌晨三四点钟才回来，真的很辛苦。”

这个女孩高中没毕业就退学来到新宿，在一家提供住宿的居酒屋打工。她把箱子放在路旁，站着跟我们说话。“我想自立，想离开家，想一个人生活。还有就是不想给妈妈添麻烦、成为她的负担。妈妈很辛苦，妹妹还是小学生，很不容易。”

在这次采访中，我们决定问每一位遇到的女性一个同样的问题，那就是关于将来的梦想。虽然从她们的悲惨现状来看这样问有点残忍，但是梦想是任何人都可以拥有的，所以不问她们的梦想而直接说：“是吗？今天谢谢您跟我们说这些，加油哦！”这样是无法结束这次采访的。

“啊？梦想吗？以前曾想过当幼师，但是我高中没念完，已经放弃了。如今只想专注于现在的工作。”

比起梦想，现在的她只能思考应该如何生存下去。她一边用手握住箱子的拉杆一边跟我们聊天。我们虽然说了“加油哦”这句话，但不知她会怎么理解。或许把它理解成不是朝着梦想，而是单纯地为了生存而生存的努力，这不得不让我们心中一片悲凉。

## “内有插座！”——二十四小时营业的咖啡店

少女们将全部财产放进箱子里，在深夜的餐饮店等地方漂流。听说有一家咖啡店到了深夜会有很多这样的少女聚集在一起，我们立刻赶往那里。

新宿歌舞伎町的正中心是新宿区政府所在地，它的附近有一家二十四小时营业的咖啡店，窗玻璃上贴着“内有插座！”等几个大字，吸引着过往的行人。

进入店里，可以看到因为招揽顾客太累而正在喝咖啡的“牛郎”和皮条客。在他们当中有几个年轻女孩子无所事事、孤零零地坐着。她们身旁放着拉杆箱或旅行袋，一看就知道是我们在街上遇到的漂流少女。

她们总是坐在被称为“电源座”的位置上，这里是商店招揽顾客的一个亮点。电源线像白蛇一样顺着墙被拉到座位上。那些无家可归、在咖啡店和快餐店间漂流的少女，可以在这里给算是唯一“生命线”的手机充电，并挨到天明。我终于弄明白了那张像标语一样贴在窗玻璃上、写着“内有插座！”这句话的意思了。

在这家店里，我问过很多女孩造成今天这种地步的原因。

有一个头发染成淡紫色的女孩，一坐到电源座上就从包里拿出智能手机充电线开始充电。虽然是采访，但我年龄比这些年轻女孩大一旬还多，主动去搭话还是需要勇气的。因此为了找到切入点，我用了一些轻松的话题，如装作对她艳丽的发色感兴趣，或是第一次来对店里有“电源座”这件事很吃惊。

“干吗？聊天吗？”

自称名叫“拉拉”的女孩今年十九岁。刚开始她对我心存戒备，但不一会就放松警惕，一个人开始滔滔不绝地讲起来了。

“头发的颜色吧，这次是第一次试着染成紫色。我喜欢紫色，手机、钱包都是紫色，美甲也是紫色，嘻嘻嘻。”

“但是，还是智能手机最重要。没有它就无法跟外界联络。这里有插座，所以才待在这里。地下室的座位上也有很多像我这样的女孩。”

虽然很高兴搭上话了，但是她衣着华丽，我又担心或许她只是出来玩玩的。如果这样的话，这次的采访就没有意义了。于是我问她为什么会在这里，她的话让我吃了一惊：

“啊，我们家是低保户。家里没钱，父母也指望不上，我只能自己赚钱。但是又没有住的地方，所以就在这里待到天亮。”

### 父母离异、在福利院长大、低保户、离家出走——十九岁的拉拉

拉拉说自己无法依靠领低保的父母。听到这与她光鲜亮丽的外表截然不同的回答，我不由得感到震惊。她迄今为止的经历更是坎坷。

“我很小的时候父母就离婚了，我跟着父亲，属于单亲父子家庭。但是幼儿园毕业后不久我就被送进儿童福利院。你问是不是虐待？我也不清楚，只听说我还有一个哥哥，父亲养活不了两个人，所以就把我送进了福利院。在那里我一直待到十八岁

高中毕业。离开福利院回到家后，发现不知道什么原因，父亲卧床不起，领着低保。”

无法依赖父母的拉拉离开了家。起初她找到一份护理的工作，但是工资很低，不久她就辞职了。之后她辗转于漫画饮茶店、网吧，现在是二十四小时咖啡店和快餐店。有时她在餐厅打工，有时则通过“援交”从男人手里拿零花钱维持生活。

“虽然也曾想过自杀，但是我没有割过腕，也没吸过毒，什么都没做过。只是这种压力无限地膨胀，真想找个东西砰砰地砸它个稀巴烂。我心里总是这样想。”

虽然她表面上看去是个比较活泼开朗的女孩，但是当回忆起过去时，感觉她的情绪越来越低落。问起她的梦想，听到的果然还是自暴自弃的回答。

“梦想？没梦想。结婚嘛，想是想，但是孩子不能要。尽管我看着别人的孩子觉得可爱，但我不想要自己的孩子。我自己都顾不过来。与其说是嫌养孩子麻烦，不如说是我不想生，因为自己挣钱很不容易，养孩子就更加不易了。话说回来，能不能结婚还不一定呢。”

店里还有一个女孩，她看上去很紧张，用指甲一直在挠杯子。她很年轻，一头及腰的茶色长发，比刚才的拉拉似乎要小好几岁。尽管如此，我还是鼓起勇气上前与她攀谈。

“干吗？好吓人。你不会是警察吧？”

女孩眨着眼睛注视着我。我穿得像上班族，与店内的年轻“牛郎”和皮条客明显不同，在她的眼中，我看上去像是个辅导教育未成年少女的警察。这也可以理解，因为她才十六岁。我一边抱歉自己让她受惊，一边尽量柔和地告诉她我们采访的宗旨。

“要用摄像机吗？哦，反正也无所谓。”

## 父亲失业、从中学开始就靠“援交”谋生
## ——十六岁的吉吉

这个十六岁的女孩自称叫“吉吉”，很明显不是真名，我们觉得这样也无所谓，就继续采访了。她的父亲（继父）曾在鲜鱼市场专门负责杀鱼，因为手受伤而失去工作。因此吉吉中学毕业后就离开家独立生活。但是十六岁的女孩哪有什么谋生手段，她之后的生活不难想象。

“我做‘援交’挣钱，现在正在等男人的电话。因为未成年，所以连想打工都没人雇，也只能这样了。平时也是这样边给手机充电边在这里待着。”

活了十六年的吉吉的人生经历令人无法想象。父母在她很小的时候就离婚，母亲后来和在鲜鱼市场工作的人再婚。然而继父受伤后自暴自弃，家庭经济情况十分严峻。

“我从中学起就不上学了。父母也没说什么，感觉只要我能找个工作干就行了。第一次通过‘援交’挣钱是中学二年级，是几岁呢？好像是十三四岁吧。”

不仅仅是经济上的贫困，吉吉还几次遭到这个没有血缘关系的继父性侵。

“我曾从继父那里遭到过性虐待……或许继父也因为失去工作而心情郁闷……刚开始是小学四年级，当时我不清楚他在对我做什么。我真想诅咒儿童时代。”

贫困加上性虐待，为了摆脱这些，吉吉开始离开家独自生

活。但是十六岁的她无法拥有单独的住所，只能用"援交"挣来的钱在漫画饮茶店、咖啡店等处流浪。每天只为寻找一个可以休息的地方，年仅十六岁的吉吉眼中流露出浓浓的倦意。

"漫画饮茶店、涩谷的……我去过各种店、各种地方……真心累了……"

**"能活到三十岁就知足了。"**

一反低落的情绪，吉吉很兴奋地给我们看了一样东西，那是她和相差好几岁、还是小学生的妹妹一起用手机拍的照片。"这是我妹妹哦！我们的合照只有这一张。妹妹很可爱，我偶尔回家时，会用挣来的钱给她买些零食或她想要的东西，因为估计父母也没钱给她买。"

一谈到自己的事情，吉吉的表情又忧郁起来。

"能活到三十岁就知足了……到了三十就够了吧。"

"你没有梦想什么的吗？"

"没有。"

"真没有梦想吗？"

"没有梦想。以前想过当模特，现在也不可能了。我已经累了，绝对不可能了。虽然我才十六岁，但是经历了太多事，也看过太多东西，已经什么都无所谓了。"

在这次采访中，我们遇到过很多漂流少女，她们说出的话都惊人的相似，其中之一就是"能活到三十岁就知足了"。虽说是为了摆脱经济困境，但是少女们获得金钱的手段非常有限，很多人不得不依靠"援交"等方法。这份工作就是吃青春饭，所以她们才会说"到三十岁就行了"这句话。

在大街上拖着拉杆箱的少女们随处可见。在快餐店、家庭餐厅和咖啡店也经常遇到给手机充电的少女。开始这次采访之前，我从来没有在意过这种日常生活场景。但是真正聆听了她们的诉说以后，才知道这种现象的背后是贫困的凄惨现实。她们想要摆脱出来，然而垂死挣扎的结果却是以漂流的形式出现在社会上。

**从爱媛到东京、现代版“打工妹”——十九岁的夏木**

经济困窘的年轻女性大量存在，这让我们体会到现实生活很残酷的一面。但是她们的贫困并不是由自身原因造成的，在到达这一步的过程中，不可忽视的是上一代在向下一代传递贫困的因素。

在日本铁路新宿站南门的公交总站，从东京到地方或从地方到东京的夜间大巴不断地驶进驶出，人们拿着大包小包来来往往。在这熙熙攘攘的人群中，我们遇到了一个年轻女孩，随后我们对她进行了长达一个多月的采访。

伊藤夏木（化名），十九岁，一身黑紫色的摇滚风格打扮，看上去很难搭腔。一字形刘海让她的表情显得非常稚嫩。她轻快地拖着英国米字旗图案的紫色拉杆箱。

“我经常过来东京打工。”

夏木在爱媛县的奈德福祉大学上学。为了挣出大学四年的四百万学费，一到春假、暑假等长假，她就会坐上夜间大巴来东京打工。她要去的是新宿车站东口附近的网吧，在东京打工期间，为了节约住宿费，每次她都会在这里住。

“这里非常便宜。偶尔我也会住宾馆，但即使是便宜的青年旅舍也相当于这里两到三天的价钱。这里真的是太便宜了。我到哪都能睡着，要是硬挑这里的毛病的话，那就是睡着后偶尔身体会痛，有时能听到杂音。缺点就只有这些了。”

在十九岁女孩住的只有一张榻榻米大小的房间里，虽说是采访，但作为男性的我还是不好意思进去。房间里放着她在公交站拖的拉杆箱，洗过的衣服拥挤地挂在一起，除此之外没有别的地方，因此只能让女编导进去采访。

在外人看来，采访的情景一定很滑稽。夏木和女编导坐在单间里，男摄影师只进去半个身子，而男记者（我）则在他身后负责提问。这么做是因为我们不想要窄小的空间增加夏木的心理负担。

## 四百万的学费和生活费全部自己掏腰包

夏木说她的四百万大学学费是靠助学金支付的。助学金早晚都要还，因此她才来东京打工。

“助学金是要还的，大概有四百万日元吧。大学毕业后一点一点地还，也要二十年，那还不如早点攒钱，一下子还清。助学金就像是债务，我很讨厌这种一直欠债的感觉。”

夏木的父母在她十二岁的时候离婚，此后她就和打零工的妈妈生活在一起。她无法依靠这么辛苦的妈妈，只能外出打工，自己想办法解决学费和生活费。现在她已离开家，住进了便宜的大学宿舍。

“家里不能给我寄钱，我不干活的话就没有钱。生活费等所有的费用妈妈一点也拿不出来。我们是单亲家庭，家里完全没有富余。妈妈每天打好几份工，自己想做的事也不能做。我觉得她真的很辛苦，一个女人一手把孩子拉扯大真的是非常不容易，这是我的亲身体会。”

## 上了大学一定能摆脱困境

为了摆脱生活困境而上大学的夏木，在得不到母亲帮助的情况下，为什么还要花钱念书呢？她周围的人大部分都是初中或高中毕业就去工作。她的母亲也是高中毕业。但是夏木说她是为了摆脱现状才想去上大学。学历高不仅对就职有利，到了大学还可以接触与自己的成长环境完全不同的东西，连交的朋友也不一样，由此一定能摆脱生活困境。用夏木的话说，这叫“开阔视野”。

“原本我就想上大学。我觉得考虑到将来，还是上跟福祉或教育有关的大学比较好。福祉和教育的工作比较稳定。没上大学的人只能去打零工，还是稳定的工作比较好。而且大学毕业的起步工资也比高中毕业的要高一些。大学毕业了，好像未来就不一样了，比如好找工作，并且视野也开阔了。

“反观我初中和高中毕业的朋友，她们总是说找不到工作。我觉得在当今社会，上了大学还是会有工作的。而且我的朋友们结婚早、孩子多，几乎都有孩子了。她们也想把孩子托管起来，出来工作，但是没有学历根本找不到工作。虽然学历并不能代表一切，但是有了它绝不会碍事。”

## 在最低时薪六百六十六日元的当地赚不到钱

夏木的老家——爱媛县的最低时薪是六百六十六日元

（2014年4月数据），从全国来看也属于低水平。在当地打工挣不了多少钱。因此新年前后、五月的黄金周、暑假、冬假等大学休息的时候，她都会到东京做零工。

现在夏木做三份兼职，白天到工资高的工地打工，晚上做餐厅服务员。她边吃着拉面边小声说出了不像是一个十九岁女孩说的话："做兼职是受妈妈影响，而且我也很喜欢工作，真恨不得能一直不停地干下去。高中的时候也是一样，要是我每天都去上学就攒不了钱。我想怎么样才能一边上学一边工作呢？后来我就中途转入了函授高中，这样半工半读，今天我才能上大学。还是一直不停地打工比较好。人生没有钱是不行的。我没有闲情去歌颂爱与和平，只能工作、工作再工作，拼命挣钱。有钱的话什么都能干，可以买自己喜欢的东西，或是留做备用。"

从她的生活方式也可以看出她无时无刻不在节俭。电视柜下方放着一捆捆整齐的购物小票，旁边则堆放着便利店里领的方便筷子、街上派发的面巾纸等东西。"那是购物小票，我在记家庭收支簿，所以一般都会领小票。一个月两次，大约在15号和30号整理记录在收支簿上。

这边是筷子、面巾纸和便利店的塑料袋，我把还能用的东西都这样攒起来。饭钱也是超级节省。基本上是所有的事情都要节约。盒饭我也买便宜二十日元的。能便宜二十或是五十日元还是不一样的。有时我一天都用不上一千日元。"

"你会成为一个称职的妻子。"

听到我们的夸奖，她害羞地笑了。夏木又高兴地给我们看了一样东西：她用手机拍摄的与母亲的合照。她们亲密地将脸靠在一起，打着V字手势。在网吧昏暗的房间里，只有这张照片闪闪发光。据她说这是来东京打工前在购物时照的。

"我们俩关系可亲密了，每天都打电话、发短信。沮丧的时候她会鼓励我，我在东京工作期间也会担心地打电话来问情况。说心里话，其实我也想依赖她，但是又不能……妈妈的生活也是紧紧巴巴的……"

女儿外出东京打工，母亲也打双份工。我们决定采访她的母亲，于是让夏木打电话做了联络。她的母亲住在爱媛县东部一个小镇的公寓里，靠近濑户内海。

她叫伊藤香月（化名），四十三岁。

早上八点就出现在停车场的香月女士很客气地招呼道："早上好，让你们这么大老远地跑来，真是过意不去。"

应该感到抱歉的是我们，一大早就来打扰。我们直接跟随她去上早班。

## 打双份工月收入也不到十五万——四十三岁的香月

香月女士跟老公离婚以后想着必须做全职，但是在当地只能找到临时的工作，因此她打双份工，一个人抚养孩子。

在清晨的上班路上，她一边轻快地开着小汽车一边与我们攀谈。

"基本上是家和工作单位之间来来回回，一天就结束了。兼职也是为了生活。我们家就母女两个，我首先要撑起这个家。孩子也在打工，我们俩互相支持。靠女性的工资，一份工作是远远不够的。如果经济有富余的话，也没有必要打双份工了。"

香月女士终于到达工作的录像带租赁店。工作时间是早上九点到下午三点。换上制服的香月女士与年轻店员们一起整理借出或归还的DVD、CD。虽然一直是站着工作，但她表示已经习惯了。

录像带租赁店的工作结束后，她先回家休息一个小时左右，下午五点开始去第二个工作单位——盒饭连锁店。她换上第二身制服，还要戴上帽子，因为烹饪工作很注重卫生，这样做是为了防止头发丝掉下来。晚上九点之前要一直不停地做盒饭。这家店靠近高速公路出入口，来的大多是长途货车司机。

香月的时薪是七百二十日元，打两份工月收入也不到十五万日元。我们问她，没有工资更高的工作了吗？她的回答是，已经这个年龄了，还是做惯了的地方好。

“嗯，应该有工资更高的地方。但现在的单位时间比较灵活，帮了我很大的忙。女儿上中学时，家离学校很远，要天天接送。早上送去后直接就去上班，一个工作完后再去接她，把她送回家后再去上第二个班。在我最辛苦的时候店里的人很通融，因此我想一直在这里干下去。”

两份工作结束后，回到家已经十点了。白天在我们面前神采奕奕的香月女士此刻也神情疲惫。她从冰箱里拿出超市买来的打折沙拉，一个人吃着晚饭。

在日本，从事非正式工作的比例，男女均有增加。然而女性的平均工资只有男性的八成。香月女士没有积蓄的能力，因此也没有缴纳养老金。

“两份工作加起来最多也就十四五万日元。再怎么累也不能休息，一休息就吃不上饭了。这也没有办法，只能想开点，靠韧劲活下去。”

## 帮不了女儿的负疚心情

寂静的房间里突然响起了手机铃声。

“不好意思，我女儿来电话了。”

“喂，身体还好吧？晚饭吃过了吗？吃得太晚就不是晚饭啦。明天？明天也跟往常一样要上班。”

香月女士尽管自己也很疲惫，但仍然挂念着成天打工的女儿。回忆起女儿说想上大学的事，她这样说道：“女儿跟我说想上大学，但是我实在是付不起大学学费。虽然我也想让她去上，当时我就想，我能做点什么呢？应该怎么办呢？然而女儿说了，妈妈什么也做不了的，没关系，我也没指望你。实在是窝囊啊！想为她做的事一件也做不了。其他父母为孩子做的事，我一个人能为她做多少？最近偶然听到女儿说她对‘穷’这个字很敏感。为了不受穷，她一直在日夜忙碌。这句话实在是太有分量了。想到这是她因为过去有感而发的，我的心情就格外沉重。”

一直打着双份工、竭尽全力独自抚养孩子的香月自己也过着水深火热的生活，谁又能去责怪她呢？

轰隆隆、轰隆隆——窗外传来火车经过的声音。月色分外明亮，在东京很少能见到如此美丽的月亮。

在这个母女二人相依为命的房间里，有一件东西表达了夏木对母亲的关切之情，那是在报纸夹页广告的背面用勾线笔写的鼓励标语，字体强劲有力，贴在客厅的墙壁上。

目标：再减十公斤！向特林德尔·玲奈[①] 看齐！

“这是女儿写的，说是为了身体健康，让我减十公斤。说起来怪不好意思的，有人说我瘦点的话，有些像上了年纪的特林德尔·玲奈。”

## 愿望是年收入三百万日元的稳定生活

东京新宿的网吧内，这一天夏木结束了一个月的“外出务工”，正在为回爱媛做准备。几天后大学就要开课了，她急急忙忙地往箱子里塞衣物。

她说今后一放假就会来东京打工挣学费，大学毕业后想从事与福祉有关的工作，同时帮助母亲。

“毕业后我有很多想做的事情，比如卖服装、当幼儿园老师、做护理和福祉方面的工作。如果能找到稳定的工作，我也想只干一份。但是到我能松一口气、过上稳定的生活之前，大概一直都要同时做两三份工作吧。”

采访即将进入尾声，我注意到夏木不停地说“稳定”这个词，如“稳定的生活”“稳定的工作”……对于她来说，稳定是什么呢？

“你经常说‘稳定’这两个字，你很想要这样吗？”

“是的。我想找一份每月有固定收入的工作。”

“有多少工资才算稳定呢？”

“嗯，年收入三百万日元左右吧。”

---

① 日本模特、歌手、演员，1992年生于奥地利。——译者

“你能找到这样的工作吗？”

“唔，这个不好说啦，要是能找到最好了。步入社会后我想回报妈妈，每个月给她五六万日元。妈妈经常说我们是单亲家庭，或者‘只有妈妈一个人在，让你受累了’之类的话。因此这次我想让妈妈轻松一点。”

我们把夏木从网吧送到公交总站。她乘坐的是晚上九点出发去往松山的深夜大巴“梦想号”，上车之前她对我们说了一番慷慨激昂的话：

“我的目标是三十岁之前还清助学金。最好是在二十五六岁之前吧。我还会回来的！”

“现代版打工女孩”夏木为了摆脱穷苦的生活而选择了上大学。虽然现在她必须忍受不停打工的痛苦，但是我衷心希望她如今所做的挣扎能够像她乘坐的夜间大巴的名字那样，成为通往未来梦想的桥梁。

**可以居住的网吧**

夏木住的网吧在JR新宿站附近闹市区的一幢大楼里，最近几年这里女性顾客越来越多。这家店满员是六十四人，其中70%都是长期逗留的女性。

她们的理由是网吧本身可以成为自己的住处。在这家网吧里，长期逗留的人群可以将这里的地址写在居民卡上。这是与地方政府交涉后才得以实现的服务。此外该网吧还提供包裹代收服务，店员会将邮寄给用户的包裹信件等转交给本人。

网吧一天的费用是二千四百日元，一个月以上长期逗留的费用是一天一千九百日元，那样就可以得到一个躺下睡觉的地方，而且还可以上网、免费喝饮料、微波炉也可以随便用。再交钱的话，还可以使用淋浴和洗衣机，真是一个可以居住的网吧。

在现代，没有固定住所很难找到工作。人生随时都可能遇到挫折，谁都可能经历生病和随之而来的失业、离婚。在这个时代，即使开公司也有可能因为经营不善而破产，这一点也不足为奇。不能因为这仅有的一次失败，此后的人生就一蹶不振。如果没有帮助人们东山再起的社会机制，没有接受这个部分的包容力，那就太令人悲哀了。

作为帮助人们复出的一个手段，这家网吧集团想到的是可以"居住"的服务。然而另一方面，由于费用低，该店意外地吸引了一批生活困苦的人。现在在首都圈，该集团已经扩展到四家店铺。

## 已在网吧待了两年——十九岁的彩香

在这家店里，我们遇到了一位待的时间最久的女孩。她的生活状态和成长经历是此次采访中令我们最为震惊的。

她叫彩香（化名），十九岁。黑色的娃娃发型，面戴口罩，上穿连帽衫，外面披着牛仔服，下着蓬松的裙子，一身柔和系打扮。如果是在街上遇见的话，我们会认为她是那种很普通的妙龄少女。"这种女孩住在网吧里？"——带着这种疑问，我向刚从房间走出来的她轻声问道："你是新来的吗？"

"啊？你说这里吗？唔，大概两年到两年半吧，已经很长时间了。"

十九岁的女孩竟然在网吧住了两年半，可以算是网吧难民了！

彩香怕在走廊说话影响到别人，邀请我们到房间里。房间只有一张榻榻米大小。一进门，只见左右及前面的墙壁上挂满了衣服，大部分都跟她身穿的一样，属于宽松类。她将生活用品都带进来了，此外还有箱包、冬天的大衣。在这些衣服中间还夹杂着正在晾晒的衣物。入口处挂着黑毛毯，门框上摆着好几双靴子和鞋子。

虽然屋里并不脏，但东西特别多。左右挂着的大量衣服使房间显得更加狭窄。因为这里是女孩子的房间，我们出于最大限度的尊重，让女编导进行采访。

“来这里最大的理由应该是没有住的地方。其余的理由是，刚开始没有来过这种地方，觉得很好玩，不过现在是想要早点出去的心情更多一些。这里什么人都有，无法安静地休息，而且要一直考虑房间续租费的问题，因为必须在到期之前续租。”

一天一千九百日元的确很便宜，但是一直住下去也要花很多钱，那还不如自己租个房子。于是我们问她，不想租个公寓什么的吗？她的回答让我们感到，她要改变现状的想法已经不那么强烈了。“我也想找个房子，但是入住押金和见面礼金都很贵，这些全部要自己出，实在是太难了。”

## 惊现“网吧家庭”

据说彩香有一次四处物色房子想要租房，但到了最后的签约阶段，需要监护人的同意，而母亲反对她这么做。因为有这个经历，彩香才放弃。

在谈论这个话题时，彩香告诉我们她的母亲也住在这里。

对于母亲也住在网吧的这个事实,我们一时不知做何反应。

彩香的母亲今年四十一岁,她们是一起住进网吧的。我们也想听听她母亲的想法,于是来到了在同一个走廊的另一房间。与彩香的房间一样,入口上方的木框上摆放着靴子和鞋子,这里的门口挂着紫色毛毯。

我们咚咚地敲了几下门,里面传来女人的声音:“是谁呀?”告诉她我们是NHK的记者后,母亲十分小心地打开了门。

“我们刚采访过您的女儿。”

“是吗? 女儿接受采访倒无所谓,我就不用了。”

母亲不想接受我们的采访。当然这也不能勉强,我们决定不录像,只问问她来这里的经历。

“您是做什么工作的?”

“做派遣工作。”

母亲说自己在做派遣的工作。这种工作范围很大,她没有告诉我们具体做什么,只是说有时因为工作会离开这里一两个月。她十年前与丈夫离婚,一个人抚养孩子。当时她是医院的护士助理,最终因为生活不下去而来到了这里。

紧接着我们又见证了一个令人震惊的现实。

在网吧内还有一个彩香常去的房间。它在另一条走廊的尽头,与彩香和母亲的房间不在一起。门口挂着红色的毛毯。彩香打开了门,从昏暗的房间里传来了一个小女孩的声音:“咦,干吗?”

一个可爱的小女孩从里面探出头来,刘海剪得笔直,左右两边扎着马尾辫。她竟然是彩香的妹妹小萌(化名)。

“你现在几岁了?”

“今年十四岁了。”

“十四？！那么今年开学你上中学几年级？”

“上初三。”

据说她已经半年没去学校了。

母亲和姐妹俩住在同一家网吧，这太令人震惊了。“网吧难民”这个词以前也曾听说过，单亲家庭全体住进网吧，意味着出现了“网吧家庭”。

“这是在日本发生的事情吗？”面对这一现实，记者、编导、摄像师等工作人员一齐吃惊地你看看我、我看看你。这已经不能用震惊和冲击来形容了。大脑里一片混乱，在年幼的小萌面前，我们僵在那里不知如何是好。

## 姐妹俩一天仅吃一顿饭

姐姐彩香在从网吧可以步行到达的便利店打工，每周五天。对于因为贫困而没念完高中的彩香来说，这份工作来之不易。她换上工作服，在收银台熟练地给客人找零钱的样子看上去得心应手。不了解的人怎么也不会想到她竟然在网吧待了两年多，还以为这只是稀松平常的情景，就是一个普通的十八九岁女孩在便利店打工而已。

从便利店回网吧的路上，彩香低着头走在新宿熙熙攘攘的人群中，蓬松的裙子一路轻盈地舞动着。穿过火车轨道的护栏时，我们正好从一个露宿街头的人身边经过。他躺在路边，下面铺着纸板。街头露宿者和网吧寄居者，两者都是无家可归，两者之间又有着巨大的差别，但稍多陷一步或许马上就会沦落为前者。

彩香偶尔会抬起头仰望新宿街头的霓虹灯。在便利店打工大约能挣到十万日元，再加上母亲给的几万日元，就是姐妹俩的生活费。彩香从店里买回每天要吃的食物。

一天一顿饭。在网吧昏暗的房间内，十九岁的姐姐和十四岁的妹妹紧挨在一起，分吃着面包和饭团。这样还不能填饱肚子时，就去喝店里的免费饮料。她们俩咕咚咕咚地喝着除了糖分以外既没有果汁也没有维生素的桔子水。这种吃法将来必定严重影响年轻姐妹的身体健康。

"我们两个人吃一个面包。买一块方形面包，一人一半分着吃。打工回来很累，比起填饱肚子，我更想倒下去直接睡觉，所以不怎么觉得饿。饿了就去买一个饭团吃，或者买用微波炉可以做熟的饭，在白米饭上撒紫菜盐，一般吃这种东西居多。"

好不容易挣来的钱最终都消失在网吧的房费和饭费上。她们总不至于想一直这样住下去吧。对于未来，彩香有何打算呢？

"我想到了二十岁就离开这里。妹妹也要好好上学。虽然知道必须这样做，但是真要付诸行动时又会想反正也实现不了，所以最终什么也没做。"

据说妹妹小萌来到网吧之后就讨厌外出，一直把自己关在屋子里，整天坐在房间内的电脑前与陌生人聊天。她有时也会生病发烧，但因为没有医保卡，无法去医院，只能在房间里一直躺着。

"虽然也想外出，但是我见不得人多，人一多就头晕。看着这个（网聊页面）半夜会睡不着，所以我只玩半天，其余时间什么也不做。Line群里的朋友说让我跟他（她）一起住……"

小萌微笑着给我们看了一张明信片，上面印的是她与中学同学的合照。这是班主任寄给学生们的，小萌很珍惜这张明信片。

“这是老师寄来的我们初一时候的合照，虽然有点模糊。这位老师是位非常好的老师。我跟这个姑娘关系最好，跟朋友在一起很快乐。嗯，我不想忘记他们。这是我的回忆。我不想忘记老师和同学们的样子。我还是想回到学校，看到这张照片我就想回去。”

## 母亲不回来，“生命线就中断了”

“网吧家庭”的出现可以说是贫困代际传递的象征。

母亲与姐妹俩在来这之前过着什么样的生活呢？

我们决定去看看她们以前住的地方。可姐姐彩香只是推说“过去的事情已经不记得了，或许是因为自己想删除这段记忆”。无奈我们只能根据彩香零星的记忆，拿着地图一点一点地找，如附近有什么样的店、离车站多远、好像附近有个公园等等。功夫不负有心人，我们终于找到了三年前她们在北关东郊外的住处。

彩香、小萌和母亲当时住过的地方如今没有人住。为了不让人乱投小广告，邮箱的投信口被用胶布封死，电表也一直停着。幸运的是当时的邻居还在。

我们叮咚地按了门铃后，屋里传来一个响亮的女性应答声音。说明来意后，她说：“哎呀，是吗？彩香还好吧？我一直都很担心她。”邻居对彩香和小萌的事记得很清楚。

“我也是单身妈妈。两家的家庭环境一样。我还清楚地记得我和她妈妈说好工作忙的时候互相照应。但是后来她妈妈中途消失了，这两姐妹可没少受苦啊。”

彩香的母亲与丈夫离婚后干过助理护士，工作很忙而且经常加夜班。渐渐地，抚养孩子和工作这两座大山压垮了她，生活一路贫困下去。

“有一次我看到她们家的电表停了，感到很奇怪。不久彩香就来我们家问能不能借用一下电话，能不能借一点酱油。问她妈妈怎么了，她也不说，所以我就将别人给的桔子汁什么的送给她们。没过多久姐妹俩也悄悄地消失不见了。”

据说彩香的母亲没有向周围的人和政府部门求救。

当时的生活情形也成为了采访彩香和小萌的话题。

那是妹妹小萌突然说起的：“有一次生命线中断了。家里一片漆黑，里面什么都没有。当时我上小学，回家最早，只能一个人坐在漆黑的房间里。”

“生命线中断了”是一个并不常用的表达，这也不适合一个十四岁的女孩说。

“家里什么吃的都没有吗？”我们继续问下去，结果姐姐像打开话匣子似的滔滔不绝地讲了起来。

“没有。就算是有米，没有电也做不了。妹妹当时还是小学生，有义务教育，去了学校还有饭吃。而我上高中，必须要带盒饭。在学校基本上都是看着别人吃饭。变成这样之前家里就很穷，别人可以让家里买的东西我买不了。这样的事情很多，我决定不对妈妈说，只是心里想想就算了。但是，最后妈妈渐渐地连家都不回，感觉是已经放弃抚养我们了。”

这不是现实版的《谁也不知道》吗？《谁也不知道》是2004年上映的是枝裕和导演的电影作品。影片以真实事件为题材，讲述的是母亲丢下五个孩子不管的故事。当时十四岁的柳乐优弥的演技也因此部作品而获得好评。

没想到同样的事情会再次发生在现实社会中，而且之后的情况更加严重，我们从来没有在采访中受到如此大的冲击。

## “我想过上不用担心温饱的日子”

是从哪个节点开始变成这样的呢？我们陷入了深深的痛苦中不能自拔。在看到某篇文章后，更是泪如雨下。

那是彩香在小学六年级写的作文，题目是《我的梦想》。

> 我的梦想是将来和朋友开一家能给人们带来快乐的小店。我希望在自己的店里，每一个人都面带微笑、尽情享受。
>
> 妈妈每天为了我们早出晚归地劳作，虽然很累，但她仍然尽职尽责地为我们做饭、打理家务，因此我想让妈妈能过上更富裕的生活。

咔嚓。在网吧寂静的屋内，平时不会在意的开罐头声音闯入了耳中。这一天姐妹俩吃的是促销时囤积的金枪鱼罐头。

“我想过上不用担心温饱的日子。”这就是姐妹俩的愿望。

“想吃什么？”我们问道。姐姐彩香一边努力思考着，一边答道：“吃什么呢？嗯——嗯——火锅。妈妈曾经给我们做过火锅。”

“那是小时候。”妹妹小萌插嘴道。

“但是，那是妈妈最后给我们做的一次饭，虽然是很久以前的事了。最后一次给我们做饭是三四年前。做火锅那天，妈妈也在，因为是大家围着桌子一起吃，所以印象最深。”彩香回忆道。

## 无论对人生还是社会，已经什么也不期待了

“你有没有什么梦想？”

“没有。怎么说呢，我也不记得有没有梦想了。即使有所期待，也会认为反正也实现不了，所以从一开始我就不抱什么期望。我对自己的人生没有什么期待，对于社会也是一样。我已经不对任何东西心怀期待了。现在我觉得只要能过上普通人的生活就够了。我不想再过这种日子，只要是普通的生活就心满意足了。能有一个可以回去的家，早上起床去上学或者上班，然后回家。就像这样普普通通的就行了，能够正常上学，与朋友们一起玩耍。到了现今这种状况，我只能认命。这是自我安慰，不这样做的话，我就会不想工作，甚至连活着都觉得厌烦。”

在和我们的谈话中，彩香曾经这样说过，还说跟我们倾诉后心情轻松了许多。

“平时和妹妹也不会谈论这么深入的话题。周围的人虽然对我说有什么事情说一声，但是我也说不出口。因为最终还是要靠自己，不说也没关系。但是这种情况（采访）的话，采访结束了也就没什么瓜葛了，怎么说呢？什么都可以说。因此说完后心情会轻松不少，谢谢你们了。”

不知道该如何是好，找不到人商量，彩香独自一人承受着这一切。说真的，“谢谢”这句话让我们不知何言以对。

在便利店打工的彩香与普通的十九岁女孩没有什么区别。如果能再次回到学校的话，小萌也一定能恢复笑容，跟朋友一起玩耍。两个人到了今天这种地步并不是她们的责任，只要不

继承父母的经济贫困，在某处将它切断，就绝不会是今天这种局面。

但是现在也不晚，两个人还年轻。跟两人谈话时我们就在想，只要整顿好环境，她们也能过上普通人的生活。如今她们去了青少年保护组织，与拥有专业知识的工作人员一起站在了重启人生的起跑线上。

我们衷心地希望，有一天两个人能恢复往日的笑容，并肩走在大街上。

# 第七章　解决办法在哪里？

宫崎亮希

（NHK 报道局社会节目部　编导）

## 专科学校入学前展露出的笑脸——十九岁的友美

从今年一月的《Close-up现代》到四月的《NHK特别节目》，友美（见第一章）接受了将近半年的采访。虽然并非本意，但她还是在摄像机前展示了真实的生活情况和对于生活的各种想法。现在我仍认为，如果没有她的合作，节目就做不成。

刚遇到友美时，她的表情非常疲惫。她虽然决定去幼师专科学校，但每天都要打工，而且还没有想好如何筹措学费。我记得不管面前有没有摄像机，她基本上都没有露出过笑容。

在《Close-up现代》的《看不见明天——越来越严重的年轻女性之贫困》节目中，我们请"融合网横滨"的负责人铃木晶子女士担任演播室嘉宾。在节目正式开始前会事先给嘉宾看录像。铃木女士看完录像后赞扬道，她真的很拼啊！主持人国谷裕子也在看完录像后说道："首先我想对友美说：'你已经很努力了。'"这句话最后在节目里播出了。

铃木女士指出，一边打工一边念完函授高中并继续升学，这是一件非常不容易的事情。很多人都因为每天忙于打工而逐渐荒废学业,最终选择放弃。友美不仅要打工和学习,还要承担家务,她的努力远远超乎我们的想象。她的肉体以及精神上一定相当疲劳。

在第二次开始NHK特别节目采访时,友美的表情发生了变化。专科学校开学在即,我们拍摄到了她准备学习用品的情景。

我们来到了她住的小区,屋里的窗框上挂着开学仪式用的西装。据说这花了一万日元,真是一笔不小的开销。因为钱不够,黑皮包是借来的。友美还想买些新的学习用具,我们也一同前往。预算是两千日元。虽然想尽量省着点花,但是质量又必须能够接受,所以友美很纠结。在超市定不下来,又转到百元店才买齐笔袋和透明塑料夹。展示给我们看时,友美真的很高兴,我还记得当时跟编辑负责人说这个画面一定要留着。这或许是我们第一次看到友美表现得像个十几岁的孩子,从中我也体会到:对未来充满希望,这会让一个人如此有活力。

但是另一方面,我们心里还有一个无法抹去的担忧,那就是第一章中村石记者写到的学费问题。友美升入的是某教育集团经营的专科学校。该集团还拥有很多不同的专科学校,开学仪式在武道馆一齐举行。

我们看到了专科学校的小册子。学费缴纳分为好几个类型,友美选的是入学金五万日元的课程。入学金五万日元,每个月的学费靠助学金和自己赚的钱支付。

"外公给我寄来了五万日元入学金。学费每个月大概是八万日元吧。暂且借五万日元助学金,剩下的三万五自己付。"

三年的学费总共是三百多万日元。虽然初期费用低,但是用助学金支付的话，费用反而增加了。助学金属于教育贷款。现在友美要打工养活家人，连存钱的余力都没有，升学以后每个月还要增加三万五千日元的负担。想到日后友美每天都要不停地打工，好不容易的喜庆气氛也蒙上了一层阴影。

## 一切全凭个人的努力吗？

终于快要开学了，我们的担忧却更加强烈。因为第一章也提到过，友美想要增加助学金的贷款金额。与专科学校合作的借出型助学金，每个月最多可以借十二万日元。友美想要借高额贷款，劝她这样做的正是她的母亲。

借来的十万日元中八万用于交学费，剩下的存起来作为上学时的交通费或者学校研修旅游等费用。对于生活拮据的家庭来说，如何筹措出紧急费用和学校的活动费用，这真的是很令人头疼的问题。我们也能理解母亲想要尽可能多地借钱以增加手头资金的这种想法。而且，友美也提出“想要减少打工时间专心学习”等要求。迄今为止，她学习工作两不误，还要照顾家人，这样的生活果然还是过于辛苦。虽然知道毕业后要还，但是定期有固定的收入会让友美的内心更加安定。

尽管如此，一想到助学金光是本金就有四百多万日元要还，我们实在无法毫无顾忌地恭喜她。如今拖欠助学金已经成为一个严重的社会问题。这里我们想参考一下为学生提供有息和无息助学金的国内最大日本学生支援机构的数据（2012年）：拖欠助学金三个月以上未还的人数达十九万四千人，其中“年收入未满二百万”的人占45%。虽然各有各的苦衷，但是即使借了助学金升学，在之后的工作中也未必能得到充足的收入，实际上很多人正在为偿还助学金而苦恼。

村石记者也跟友美本人讲起采访到的为偿还助学金而苦恼的女性的故事，让她再好好考虑考虑。然而友美想要增加贷款金额的决心没有动摇。“我想和朋友们互相帮助，一起快乐地度过这段时光。”既要挣生活费和学费，又要照顾妹妹、料理家务，友美连中学时期的毕业旅游都没去成。借助学金能让自己从学费的困扰中解放出来，并且有余力去享受作为一个学生的快乐，这对于友美来说一定是再好不过的事情了。想到这些我们也就没有继续劝她了。

现在友美对于专科学校的学生生活赞不绝口。她不仅为了考资格证而学习，还参加了合唱俱乐部，课外生活也很充实。进入学校之前原本打算早晚都打工，现在只要白天干几个小时就够了，友美说能跟朋友一起出去玩真的很开心。

“自立就是自己独立做各种事情。投身于社会，靠自己的力量在社会上站稳脚跟。”这是以前友美在采访中说过的话。她用在社会上站稳脚跟来形容自立。在当今社会，想要过上安稳的生活是何等困难，这一点友美深有体会。已经十二分努力的友美，想必今后也要不停地忙碌才能支撑家人和偿还助学金。我们真的可以将所有责任都推卸给这些默默努力的人吗？

## 播放后反响热烈——彩香、小萌姐妹的后续

我们有必要说一说在网吧生活的彩香、小萌和她们的母亲之后的情况。观众们对这母女三人的意见和感想最多，虽然内容千差万别。

节目开播十分钟后，热线电话就响起来了，六名工作人员忙于应对，连节目都没时间看。我接的电话来自一位三十到四十几岁的男性观众。他说“这个内容我无法接受”，语气听起来绝不是在发怒。他指的是彩香姐妹的生活费。他说节目中提到了网吧的费用，在网吧住一个月所需的花销不少，说她穷不是很奇怪吗？

有一位在大学教书的男性说，课堂上他给学生们看了这个节目，学生们指出网吧的费用存在矛盾，应该有更合理的选择吧。关于彩香姐妹的事情，从保护个人隐私的立场上，我们能提供的信息有限。应该如何回答我也很烦恼，在这里我想介绍一下我回信的内容（部分省略）。

> 关于您对在网吧住宿费用的疑问，节目播出后我们也收到了很多相同的意见，即能负担起这些费用的人能否说是处于贫困状态。
>
> 彩香过上这种生活，其背后有很多原因。
>
> 仅靠她的收入完全不够用，不够的部分从母亲那儿借钱周转。她母亲的工作也不稳定，由于她拒绝接受采访，所以详细情况不得而知。
>
> 对于在采访过程中所遇到的女性的生活方式，我们也并不觉得合理。但是现实中确实存在这种人，她们有的是儿童时代连正常生活的方法都没学会；有的是受到配偶的家暴，只能在不利的条件下生存；还有的是因为抑郁，连重新开始生活的勇气都没有。
>
> 贫困不仅指的是没有钱，也指缺乏教育和信息的状态，

这是我采访结束后的感想。而且，即使她们所处的状态在我们看来是不合理的，但是对于一部分人来说，“努力”从那里摆脱出来难度非常高，这一点还请大家一定要多多理解。

网吧里的生活是我们难以想象的。一张榻榻米大小的空间，勉强能够伸开腿躺下，再加上日用品和移动用的拉杆箱就显得非常拥挤。录影时能听见隔壁鼾声如雷，甚至盖过了彩香的声音，有时不得不停止录像。喝醉酒的客人之间因为噪音发生争执，大打出手时连警察都出动了。上个厕所也会被陌生男人搭讪。走廊里不断有人走来走去，她们只能在这种情况下换衣服、洗澡、睡觉。您能说这种生活不贫困吗？如果有钱的话，就不会选择这样的生活。如今我也在想，彩香和小萌作为十几岁的女孩，一直过着这种生活，她们的痛苦又有多深呢？

## 彩香受到的伤害

如今两姐妹分别在不同的地方迎接新生活。经过青少年保护机构的生活后，妹妹小萌被送进了儿童养护机构。彩香为了自立，生活在有专业人员常驻的机构。

终于让两人可以接受援助，我乐观地以为，不久之后彩香就能过上自立的生活。4月决定从网吧搬出来后，彩香的表情变得开朗起来，她说将来想租个房子跟妹妹一起生活。偶尔发过来的短信也报告说跟朋友去现场看喜剧表演。我想她正在逐步找回安稳的生活。在当初那样恶劣的环境中，彩香都能不停地打工，这次她一定能够成功。

然而网吧生活给彩香造成的伤害远比我想象的要严重得

多。她时而因抑郁状态加重而失眠，时而想起母亲和亲属们说的话而情绪低落，再加上严重的食欲不振，她体重降了十多公斤。据说她还曾几次住院接受治疗。再次见到暴瘦的彩香，让我重新认识到，原来她在那种状态下能活下来就已经是个奇迹了。

要想治愈她一直以来在生活中所受到的伤害，大概还需要很长时间吧。如今每次发短信时我都在烦恼应该如何去安慰她。我无法对一个已经非常努力的人说加油。我甚至想说你已经不用再努力了。总之，要好好休息，等身体完全康复，再充分享受眼下这快乐的时光。如果能够一点一点找回失去的东西，她也一定会珍惜今后漫长的人生旅途。工作以后再努力也不晚，我这样想是错误的吗？

## 这绝不是新问题

《Close up现代》的《看不见明天——越来越严重的年轻女性之贫困》节目引起了强烈反响，节目网页的浏览量超过了六十万人次。之后播出的《调查报告：女性贫困——代际传递的冲击》也在Twitter上收到了很多留言，观众们发来了很多邮件和信件。

说实话，虽然我负责过采访，但是没想到《Close-up现代》会引起这么大的反响。迄今为止的采访都关注在一点上，如虐待儿童、意外怀孕等问题，而这个节目成立于这些点的延长线上，描述的是隐藏在这些“点”背后的共同问题——贫困。引起了这么多人的关注，着实令人吃惊，同时这也成为让我们继续采访这一主题的巨大动力。

女性贫困被称为“看不见的贫困”，以上这两个节目表现了我们采访人员发现这一现象的过程。通过各种途径遇到的女性，她们的讲述超乎我们的想象。我们凝眸寻找所谓“看不见的东西”，这一经验让我们意识到在大街上行走的女性当中，贫困确确实实存在。

她们绝不将困窘表露在外，就像身穿白色蓬蓬裙、每天去便利店打工、在网吧就寝的彩香，和总是妆容精致、工作麻利、在家却只靠冰咖啡果腹的小爱一样。

女性的贫困的确难以发现，然而一直以来我们又是否想要去发现呢？日本女性很难实现经济独立，在很久以前这就是众所周知的事情了。男女之间的工资差别、女性非正式雇用的比例居高不下、有工作的单亲家庭贫困率为世界之最，这些都绝不是新问题。

## 女性走向社会的同时社会保障体系在崩塌

在这里我想引用一下来演播室做客的中央大学宫本太郎教授的话。

“女性和儿童的贫困问题迄今为止一直都有。在男性正式员工工作稳定、能够养活妻儿的时代，这种问题并没有被重视。但是如今这种稳定的雇用状态被打破，男性正式员工一旦失业、生病或者死亡，他们的妻儿马上就陷入贫困。

“现在回过头来看，随着女性能够参与社会的条件逐步完备，将女性卷入到严重贫困中去的条件也形成了。例如，1999年制定的《男女共同参与社会基本法》以及同年制定的《男女雇用机会均等法》都为女性能够健康地工作、发挥特长创造了条件。

“然而，同一年也修改了《劳动者派遣法》，使得基本上每个行业都可以派遣员工。也就是说，非正式雇用的普遍化也在同时进行。以前人们经常把女性升职的障碍称为‘玻璃天花板’，所以对于女性来说这个天花板的确是消失了；但与此同时再看看脚下，那张安全网——社会保障体系也崩塌了。果然在同一时期，单亲家庭大量涌现，从这个意义来讲，家庭这个安全体系也崩塌了。

“因此对于部分女性来说，玻璃天花板确实不存在了，她们可以抓住机会在社会上大显身手。然而比这更多的女性却因此陷入贫困，我们需要注意到这个现实。”

现在大约一千九百万非正式雇用员工中，女性占70%。待遇得不到改善、收入未满二百万日元的竟有八百万人。即使其中包括做短时工、零工的专职家庭主妇，那么丈夫去世或与其离婚时，她们能否顺利地转换成正式员工呢？现实中是非常困难的。

尽管围绕女性的环境发生了变化，但前提仍然是她们要靠在企业工作的父亲或丈夫等男人养活，支持女性作为一个个体生存下去的社会构造发育得还不充分。从这个现状可以看出，女性贫困这一问题不是看不见，而是一直被忽略。

## 日本社会能否持续发展的岔路口

在演播室里，宫本教授对于这种情况做出以下分析。

维持我们生活的雇用、家庭以及社会保障这三大支柱，每一根都在摇晃。录像中所看到的女性贫困现象说明，实际上年轻的特别是单身女性受到这三根摇晃的支柱的打击最大。

对于女性来说，迄今为止的非正式雇用工作，是在丈夫有固定收入的前提下，为了增加和贴补收入而做的。然而，如今非正式雇用的意义变了，她们不得不只靠这份收入来生活。特别是带小孩的女性，即使同样是非正式雇用，她们也必须在工作水准和待遇等都非常苛刻的条件下工作。

接下来是家庭的动摇。即使工作了，职场也很残酷，因此部分女性还是想在家里当专职太太。据内阁府举行的男女共同参与社会的舆论调查看，回答想要在家里的女性反而在增加。然而，在男性工资也在下降的情况下，结婚解决不了吃饭问题。另外，男女的收入都已降到了不能结婚的水准，这也是家庭动摇的原因。

第三个是社会保障问题。现在日本的社会保障是以男人挣钱养家的形式为基础，以养老金为中心，支付给高龄人口家庭的。如今这个形式已经被破坏，特别是援助单身年轻女性的支出非常少，她们只肩负着保险金的负担。尤其社会保障金是逆进型的，有收入越低负担相对就越重的倾向。尽管她们都有工作，却也要为缴纳国民健康保险[①]的保险金而苦恼。我觉得可以这样说，被雇用、家庭和社会保障的动摇打击得最严重的就是年轻女性。

如今政府将强化女性就业定位为发展战略，我认为这个想

① 日本的国民健康保险是全民加入的强制性医疗保险。——译者

法非常重要。实际上，就连像IMF（国际货币基金组织）这样的国际机构，也建议日本提高女性就业以促进经济增长。女性就业与经济增长挂钩，是指女性获得收入从而提高家庭的购买力，而女性自身的能力也能得到提高。在这种良性循环下，经济才能增长。然而，节目中所看到的女性劳动方式，与上述要求的那种就业相差十万八千里。

但是，这里也有将危机转化为生机的可能。女性朋友们纷纷表示想要找一份工作，过上普通人的生活。我们可以通过支援她们的这种想法，创造出与经济增长挂钩的就业。

相反，如果对此置之不理，女性将在非常严峻的状况下老去，比如除了依靠低保以外别无出路，或者事态更加严重——直接导致孩子陷入贫困。儿童贫困是人道主义和道德上都不能弃之不顾的问题。同时，为了让国家一直富有活力，解决这个问题变得非常重要。是要全力以赴地支持这些女性的想法，还是对现实视而不见？如今我们正站在日本社会能否持续发展的岔路口。

# 别章　女性贫困，让数据说话

户来久雄

（NHK 报道局科学文化部　副部长）

## 客观展示“年轻女性贫困”的状态

贫困正在向年轻女性蔓延，采访组的这一感受与援助低收入者的相关人士说法一致。但是多数人的认识都只停留在“我觉得是这样”“常听人这样说”这种水平，并没有统计数据为证。还有，从援助团体的咨询数量来推测，也很难保证它们是否准确地反映了社会整体状况。为了支持我们对这个问题的认识，我们必须以强有力的证据反驳那些宣称“贫困女性并不是现在才有，自古以来就存在”的说法。为此，我们独家做出统计分析，客观地展示了“蔓延到年轻女性的贫困”这个事态，并给出明确的描述，这与采访贫困现场一样，是采访组的课题之一。

进行上述统计，我们参考了2011年冬国立社会保障与人口问题研究所社会保障应用分析研究部阿部彩部长的分析数据。该数据以2007年厚生劳动省发布的“国民生活基础调查”的统计结果为根据。在二十岁到六十四岁，即所谓的“劳动人口”中，独自一人生活的女性占32.1%、三人中竟然有一人陷入贫困状态。此外，孩子未成年的单亲母子家庭57.6%属于贫困状态，贫困集中在靠女性挣钱养家的家庭。这个数据是基于七年前的调查结果，而且未必是以年轻女性为重点调查对象，然而对于用来推测支撑未来社会的年轻女性的实际状况已经绰绰有余了。

## 年轻女性合同工80%在贫困线以下

就这样采访组开始了分析调查工作。虽然简单概括为展示年轻女性的真实状况，但是其中各种因素错综复杂，如雇用状态和收入的关系等。而且这种真实情况必须按时间追溯，否则就描绘不出包含背景在内的准确图景。比较研究国家的各种调查资料后，采访组决定将总务省发布的《就业构造基本调查》作为基础资料。

因为这份调查报告几乎网罗了我们所需要的所有调查项目，如男女分开调查、学历和雇用状态等，而且每五年进行一次，具有方便按时间顺序进行对比等多种优点。

那么“贫困”的定义是什么呢？前面提到的国立社会保障与人口问题研究所的分析中，“贫困”的定义采用了OECD（经济合作与发展组织）相对贫困率这个概念。这是指从家庭收入中扣除税金和社会保障金，算出家庭中个人的可支配收入，即可自由使用的金额。

将这些金额依次从低到高排列，以正好在中间的人群的收入为标准，收入不及此一半的人所占的比率即为相对贫困率。用文字解释起来很麻烦，简单地说就是“社会上生活水准不及标准收入一半的人的比例”。

这个金额每年都在变动，2006年的国民基础调查将年收入114万日元、2009年的调查将年收入112万日元作为贫困的分界线（也叫做“贫困线”）。顺便说一下，据厚生劳动省2009年的调查，日本的相对贫困率为16%，大约六户家庭中就有一户处于贫困状态（图表1）。

| （年） | 1985 | 1988 | 1991 | 1994 | 1997 | 2000 | 2003 | 2006 | 2009 |
|---|---|---|---|---|---|---|---|---|---|
| 相对贫困率（%） | 12.0 | 13.2 | 13.5 | 13.7 | 14.6 | 15.3 | 14.9 | 15.7 | 16.0 |
| 贫困线（实际值/万日元） | 108 | 113 | 123 | 128 | 130 | 120 | 117 | 114 | 112 |

出处：厚生劳动省《国民生活基础调查》

**图表1　相对贫困率和贫困线**

国际上也采用这个定义，所以具有说服力，但缺点是每年的贫困线都在变动，比较起来很难，也不容易理解。因此我们决定设置一个接近普通人感觉的标准。我们参考的是2013年1月社会保障审议会公布的《关于生活困窘者的生活援助方式的特别部会报告书》和在此半年前厚生劳动省公布的《生活支援战略中间报告书》。这份中间报告书将“年收入未满200万”的家庭定位为“有沦为低保危险的经济困窘者”。

为此，在这次分析中，我们将“年收入未满200万日元”定义为“困窘”，与“贫困”区别使用。

设定这些前提条件后，首先我们开始的是非正式雇用的年轻女性实际情况调查。“年轻”的定义中也包括未成年女性，因此我们参考了国家的各种调查研究，决定将它设置为“十五岁到三十四岁之间的女性”。

分析的结果如下：最新的《2012年就业结构基本调查》显示，全国非正式雇用的女性有3 546 900人。其中年收入未满200万日元的竟然达到2 889 600人。从个人收入来看，81.47%的非正式雇用年轻女性属于“困窘”状态，这个人数当中也包括不是户主的人，因此未必所有人都只靠这点收入生活。但是大多数非正式雇用的年轻女性处于收入极低的位置，这一事实没有改变。这个结果超乎采访组的想象（图表2–1）。

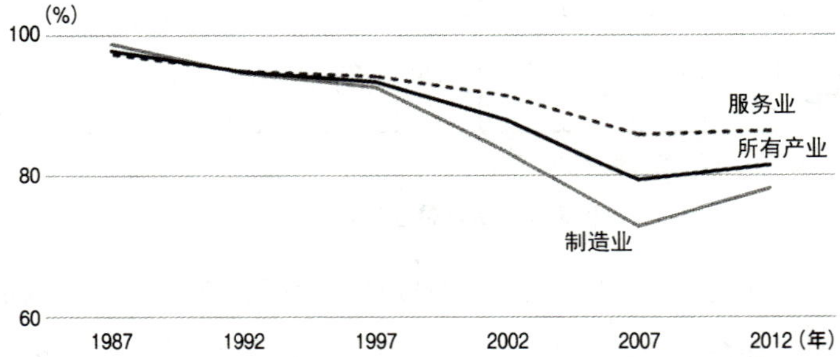


出处：2012年就业结构基本调查

**图表2–1 “经济困窘状态”的年轻女性连年增加（比例的变化）**

为什么这么低水平的就业会蔓延呢？按时间顺序来看这个比例，从1987年的97.75%以后，困窘水平的比例有逐渐降低的倾向，似乎情况有所好转。然而实际数值却反映出了相反的状况。年收入未满200万日元的非正式雇用的年轻女性，1987年是134万人，而1997年是220万人，2012年则上升到了289万人。更让采访者瞠目结舌的是这些女性的职业。最新的2012年统计显示，其中2 608 600人从事服务行业，而且这种倾向从1987年以来一直没有改变。也就是说，服务行业拉升了年轻女性的非正式雇用总数，同时不断创造出低水平的就业岗位，从统计中

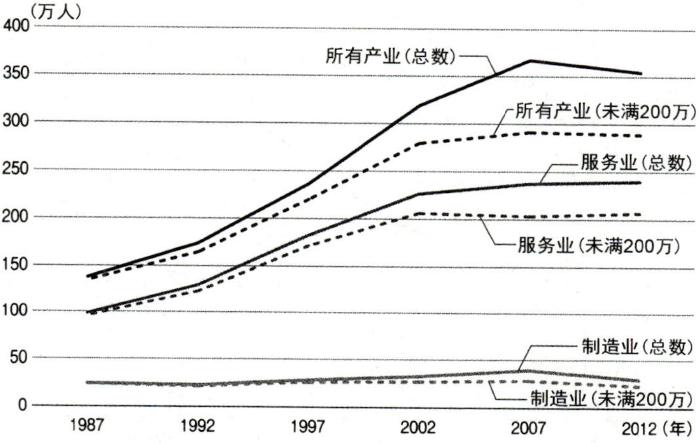

出处：2012年就业结构基本调查

**图表2–2 “经济困窘”的年轻女性不断增加(人数的变化)**

可以明确解读出这种真相(图表2–2)。

## 合同工普遍化与男女工资差别

合同工普遍化导致收入低下的问题以前也反复被指出。它的整体情况是什么样呢？这个答案也可以从就业构造基本调查中找出。从劳动者整体的就业形态来看，据1992年的调查，合同工所占的比例是21.7%，基本上是5 ∶ 1。然而劳动法改革后，其比例不断攀升，2012年达到38.2%，直逼40%。

这种倾向在年轻女性身上也很明显。1992年所占比例为24.9%，与整体劳动者处于同一水平；而2002年却增至44.3%，2012年则猛增到47%，二十年间几乎翻了一倍。年轻男性虽然也不例外，从1992年的10.5%增加到2012年的25.3%，但所占比例与女性相比有很大差距(图表3)。

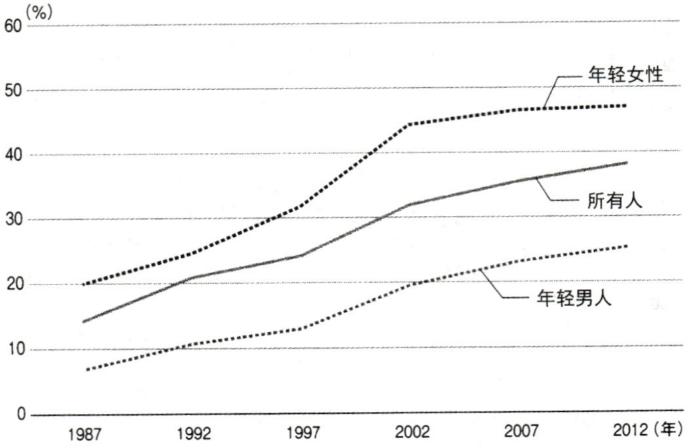


出处：2012年就业结构基本调查

**图表3　合同工中年轻男女所占比例的推移**

此外还有男女工资差别问题。厚生劳动省进行的《2013年薪资构造基本统计调查》显示，男性合同工的平均工资是216 900日元，而女性为173 900日元。同样是合同工，女性的工资仅为男性的80%左右（图表4）。

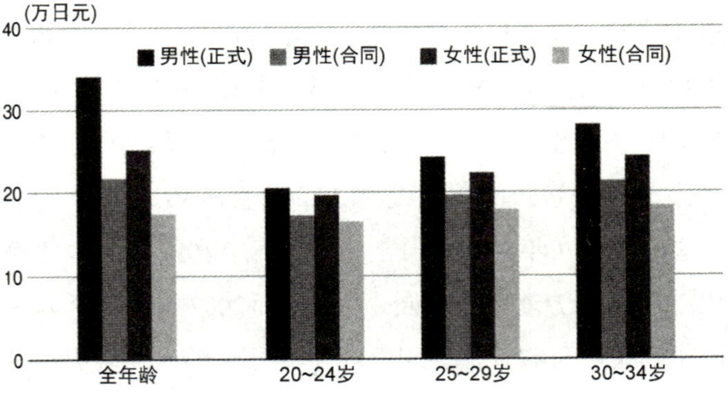


出处：《2013年就业结构基本调查》缩减版

**图表4　合同工中男女性别相关的工资差**

熟悉男女工资差异问题的独立行政法人经济产业研究所客座研究员、芝加哥大学教授山口一男2005年进行了一项工资构造基本统计调查，以此为标准加以分析，也可以发现无论是哪种雇用形式，女性的工资都比男性低。将男性工资都设为1，那么全职合同工女性的工资为0.786，短时工为0.887。而且山口教授注意到，正式女员工的工资仅为0.698，远远低于男性。就其背景，他指出："我国人才利用的不合理性，不是因为长期雇用、按年龄涨工资等日本的雇用惯例不合理，而是人才活用都是以此为前提，具有片面性。"也就是说，"女性不能长期工作，无法作为人才灵活运用"这种想法根深蒂固，正是日本的这种企业文化催生了男女工资差异（图表5）。

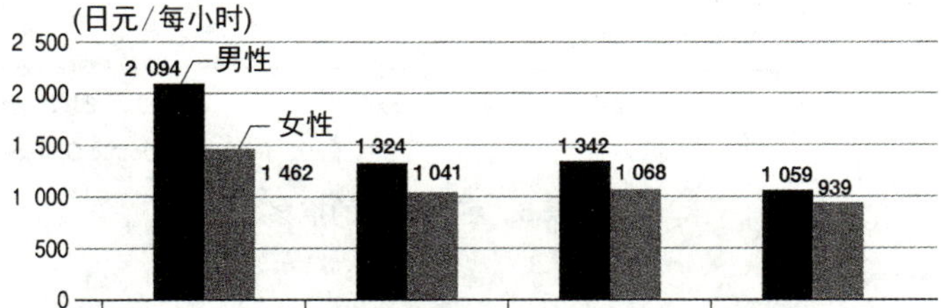


| | 全职正式 | 全职合同 | 兼职正式 | 兼职合同 |
|---|---|---|---|---|
| 工资占比(相对于男性) | 0.698 | 0.786 | 0.796 | 0.887 |

出处：2005年就业结构基本调查分析数据（山口一男）

**图表5　男女分别统计的雇用方式相关工资差异**

这里有一个很有意思的数据。OECD在《经济展望报告2013》中比较了主要成员国家的名义工资（货币工资）推移。根据该报告，1995年的名义工资为100的话，2012年的工资美国为180.8、欧盟为149.3，都是一路上涨；而日本反而是持续下降，2012年为87.0，与欧美相比工资下降趋势显著。在发达国家中抑制工资实属罕见，造成这种结果的原因是，合同工的增加和难以缩小的男女工资差距。由此可见，正是日本雇用形式的变化与对任用女性比较消极的日本企业文化，将年轻女性推向了低收入的深渊（图表6）。

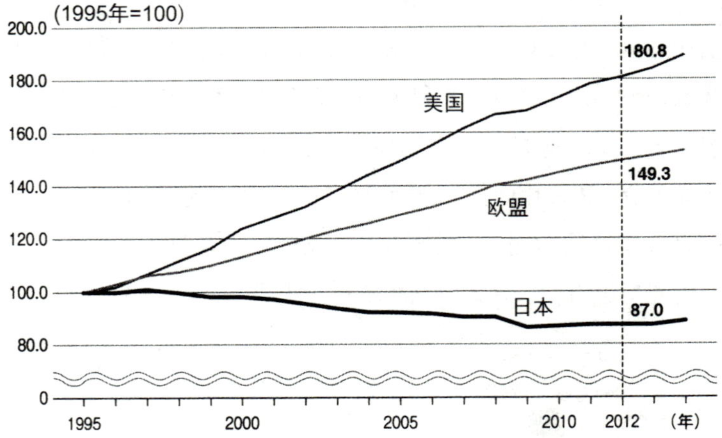


出处：OECD Economic Outlook 2013

**图表6　名义工资的推移**

## 高学历人口不断增加，助学金偿还负担沉重

本次节目播出一年前，即2013年5月，电视和报纸等各种媒体争相报道了关于女性的一则新闻。据文部科学省和厚生劳动省的调查，2013年3月毕业的有意就业的大学生中，女性就业率（包括内定者）为94.7%，与去年同期相比增长了2.1个百分点；而男性则下降了1.3个百分点，为93.2%。五年来首次女性的就业率超过了男性。女性希望就业率也达到79.7%，刷新了过去的最高纪录，被认为是劳动意愿增加的表现。

然而，看过《学校基本调查》之后就会发现，拍手称快还为时尚早。同样是2013年3月毕业的大学生，男女的整体就业率为67.3%，连续增长了三年。但是，合同工和派遣职工（非正式）占4.1%，零工（临时性工作）也占3%，即以合同工身份工作的人占整体毕业生的7.1%。此外，合同工以及既没有就业也没有升学的人共计115 000人，占整体的20%。也就是说，每五个人当中就有一个人大学毕业后找不到稳定的工作，这种倾向男女都有（图表7）。

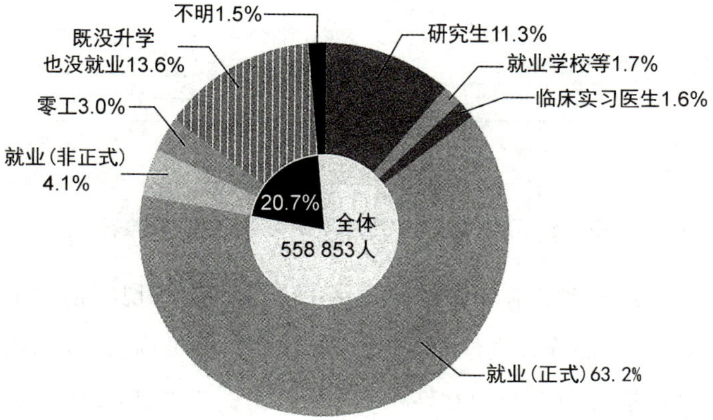


出处：文部科学省《学校基本调查》

**图表7　大学毕业生（2013年3月）的就业、升学情况**

这种情况给年轻女性周围环境所造成的影响，在《就业构造基本调查》的分析中也显而易见。处于贫困状态、年收入未满200万日元的年轻女性合同工，按照学历来看，“高中毕业”从1997年的708 000人猛增到2002年的1 172 400以后一直居高不下，2012年达到1 100 700人。与此相比，“大学、研究生毕业”的人数，1987年为66 000人，此后逐年增加，1997年突破10万人大关,达到114 000人。最近的2012年已达到362 800人,二十五年间竟然增加了五倍以上。不得已陷入贫困的年轻女性合同工中,高学历化的现象非常严重(图表8)。

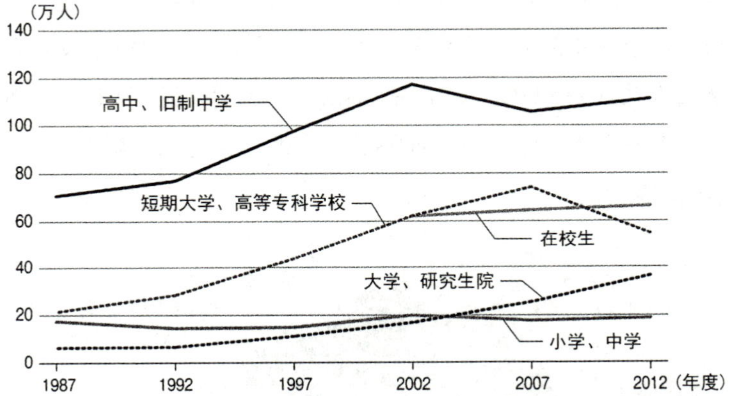


**图表8　不同学历收入未满200万日元的人数推移**

大学毕业也未必能找到稳定的工作。这一现实衍生了另一个问题,即拖欠助学金。据日本学生支援机构公布的数据,2012年拖欠助学金的女性中,合同工比例为33.1%,明显高出男性的24.5%。虽然因统计方法不同,不能进行直接比较,但是从2007年公布数据以来,欠款不还的女性中,合同工的比例一直高于男性。

此外,从这些人的年收入来看,"没有收入"的占27.2%(男性为10.5%)、"不到100万日元"的占25.0%(男性14.9%)、"100万到200万日元之间"的占27.0%(男性为24.3%)。因经济原因而领取助学金的年轻女性,即使从大学或者专科学校毕业了也找不到稳定的工作,反而为偿还助学金而苦恼。令人感到讽刺的是，在我们采访过的女孩中有很多这样的案例：原本是为了摆脱困苦的生活才贷款500多万日元的助学金上大学，结果毕业后无法找到稳定的工作，还债反而成了负担，给生活带来沉重的打击（图表9–1、9–2）。

（%）

| | 2007 | 2008 | 2009 | 2010 | 2011 | 2012 |
|---|---|---|---|---|---|---|
| 正式 | 31.4 | 30.8 | 28.5 | 27.4 | 34.5 | 35.6 |
| 男 | 41.9 | 41.3 | | 37.0 | 44.2 | 46.0 |
| 女 | 19.5 | 19.5 | | 17.3 | 23.6 | 22.7 |
| 非正式 | 36.3 | 35.7 | 36.9 | 38.4 | 27.1 | 28.4 |
| 男 | 32.1 | 31.0 | | 32.0 | 25.5 | 24.5 |
| 女 | **41.1** | **40.8** | | **45.3** | **29.7** | **33.1** |
| 无职业 | 15.8 | 16.5 | 19.2 | 21.1 | 18.9 | 18.2 |
| 男 | 14.7 | 16.0 | | 21.8 | 17.5 | 17.3 |
| 女 | 17.0 | 17.0 | | 20.4 | 21.3 | 19.2 |
| 主妇 | 8.4 | 8.5 | 6.2 | 6.1 | 8.0 | 7.1 |
| 男 | 0.3 | 0.1 | | 0.1 | 0.2 | 0.1 |
| 女 | 17.6 | 17.5 | | 12.6 | 18.0 | 15.8 |
| 个体户 | 4.5 | 3.9 | 5.1 | 3.8 | 5.2 | 6.1 |
| 男 | 6.7 | 6.1 | | 5.6 | 6.8 | 7.9 |
| 女 | 2.1 | 1.6 | | 1.8 | 0.0 | 3.8 |
| 学生 | 1.5 | 0.8 | 0.5 | 1.2 | 1.2 | 0.9 |
| 男 | 1.6 | 0.9 | | 1.4 | 1.1 | 0.9 |
| 女 | 1.4 | 0.7 | | 1.0 | 1.3 | 1.0 |
| 其他 | 2.1 | 3.8 | 3.6 | 1.9 | 5.2 | 3.7 |
| 男 | 2.7 | 4.5 | | 2.2 | 4.6 | 3.2 |
| 女 | 1.3 | 3.1 | | 1.5 | 6.1 | 4.4 |

出处：根据日本学生支援机构的调查数据整理（2010年以前统计方法有异）

**图表9–1　助学金拖欠人员的状况以及职业**

(%)

| | 2007 | 2008 | 2009 | 2010 | 2011 | 2012 |
|---|---|---|---|---|---|---|
| 无收入 | NA | NA | NA | 20.0 | 18.5 | 18.0 |
| 男 | | | | 14.8 | 10.6 | 10.5 |
| 女 | | | | 20.0 | 27.9 | 27.2 |
| ～100万 | 37.3 | 38.5 | 40.7 | 24.9 | 20.9 | 19.4 |
| 男 | 25.8 | 26.9 | | 20.1 | 16.5 | 14.9 |
| 女 | 50.3 | 51.1 | | 29.9 | 26.2 | 25.0 |
| 100万～200万 | 28.9 | 29.1 | 27.9 | 26.5 | 23.7 | 25.6 |
| 男 | 27.3 | 27.1 | | 26.0 | 23.2 | 24.3 |
| 女 | 30.6 | 31.4 | | 27.0 | 24.3 | 27.0 |
| 200万～300万 | 18.0 | 17.1 | 18.9 | 17.9 | 20.3 | 20.0 |
| 男 | 22.9 | 22.0 | | 22.6 | 24.8 | 25.3 |
| 女 | 12.6 | 11.8 | | 12.9 | 14.9 | 13.6 |
| 300万～400万 | 8.3 | 8.0 | 7.3 | 7.3 | 10.3 | 10.1 |
| 男 | 11.8 | 12.2 | | 10.9 | 15.0 | 14.6 |
| 女 | 4.3 | 3.5 | | 3.4 | 4.7 | 4.7 |
| 400万～ | 7.5 | 7.3 | 5.2 | 3.5 | 6.3 | 6.8 |
| 男 | 12.1 | 11.8 | | 5.7 | 10.0 | 10.4 |
| 女 | 2.2 | 2.2 | | 1.3 | 2.0 | 2.4 |

出处：根据日本学生支援机构的调查数据整理（2010年以前统计方法有异）

**图表9–2　助学金拖欠人员的状况以及年收入**

## “不结婚”和“无法结婚”的背后是男性贫困问题

很久以前就有人指出：随着女性走入社会，未婚率和晚婚率都在增加。总务省实施的2010年国情调查表明，不同年龄段的男女未婚率在逐年加剧，25到29岁男女中，未婚比例分别达到男性71.8%、女性60.3%；30到34岁男女中，男性为47.3%、女性为34.5%。跟1980年相比，25到29岁的女性未婚率增加了一倍以上（1980年为24%），证明了未婚和晚婚正在急速扩大的现状（图表10）。

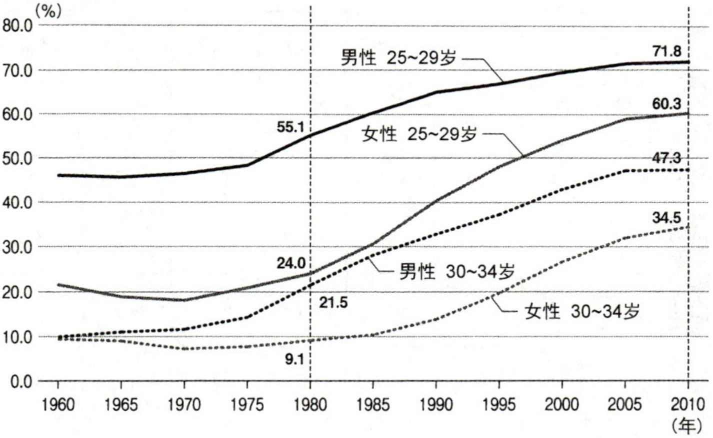


出处：总务省统计局《国情调查》

**图表10　不同年龄段未婚率的推移**

然而将未婚和晚婚原因单纯地归咎于女性走向社会有点过于武断。国立社会保障与人口问题研究所每五年举行一次的《出生动向基本调查》显示，在2010年，当问到18到34岁未婚男女的结婚意愿时，回答早晚想结婚的男女比例分别达到86.3%和89.4%；表示想在一年内结婚的未婚者男女比例分别是43.3%、53.2%。与以往的同类调查相比，推迟结婚的念头稍微有所改变（图表11−1）。

那么，是什么妨碍了结婚呢？该调查询问有结婚意愿的

（%）

| | | 1987年 | 1992年 | 1997年 | 2002年 | 2005年 | 2010年 |
|---|---|---|---|---|---|---|---|
| 男性 | 迟早打算结婚 | 91.8 | 90.0 | 85.9 | 87.0 | 87.0 | 86.3 |
| | 一辈子不打算结婚 | 4.5 | 4.9 | 6.3 | 5.4 | 7.1 | 9.4 |
| | 不详 | 3.7 | 5.1 | 7.8 | 7.7 | 5.9 | 4.3 |
| 女性 | 迟早打算结婚 | 92.9 | 90.2 | 89.1 | 88.3 | 90.0 | 89.4 |
| | 一辈子不打算结婚 | 4.6 | 5.2 | 4.9 | 5.0 | 5.6 | 6.8 |
| | 不详 | 2.5 | 4.6 | 6.0 | 6.7 | 4.3 | 3.8 |
| 男性 | 一年内想结婚 | 40.8 | 38.7 | 42.0 | 42.2 | 42.1 | 43.3 |
| | 还没有结婚的打算 | 57.3 | 59.3 | 56.5 | 55.9 | 56.0 | 55.5 |
| 女性 | 一年内想结婚 | 49.0 | 47.8 | 51.1 | 52.6 | 50.1 | 53.2 |
| | 还没有结婚的打算 | 49.5 | 50.7 | 47.7 | 46.3 | 48.8 | 45.6 |

出处：国立社会保障与人口问题研究所《出生动向基本调查》

**图表11–1　未婚者的结婚意愿（18 ~ 34岁）**

人若是在一年内结婚有什么障碍，回答最多的都是“结婚资金”（男性43.5%、女性41.5%），均占这次调查的最高比例（图表11–2）。

| | 男　性 | 女　性 |
|---|---|---|
| 结婚资金 | 45.3% | 41.5% |
| 婚房 | 19.3% | 15.3% |

（续表）

| | 男　性 | 女　性 |
|---|---|---|
| 职业及工作问题 | 14.8% | 17.6% |
| 学校及学业问题 | 11.1% | 12.6% |
| 父母许可 | 9.6% | 17.1% |
| 与父母同居或抚养 | 6.3% | 7.9% |
| 年龄问题 | 3.3% | 3.9% |
| 健康问题 | 2.0% | 2.3% |

出处：国立社会保障与人口问题研究所《出生动向基本调查》

**图表11–2　妨碍结婚的因素（有结婚意愿的18 ～ 34岁）**

一方面，关于单身理由，“没有找到合适的对象”“没有感到必要性”“不想失去自由和舒适的生活”等回答占大多数；另一方面，回答“结婚资金不够”的比例，与过去的同类调查相比，男女都有上升倾向。由此可见，经济上的原因给未婚和晚婚都带来了影响（图表11–3）。

| | 男　性 | | 女　性 | |
|---|---|---|---|---|
| | 18 ～ 24岁 | 25 ～ 34岁 | 18 ～ 24岁 | 25 ～ 34岁 |
| 还太年轻 | 47.3% | 6.5% | 41.6% | 2.7% |
| 没有感到必要性 | 38.5% | 31.2% | 40.7% | 30.4% |
| 想专心工作 | 35.4% | 17.8% | 39.4% | 16.9% |
| 想享受爱好和娱乐 | 17.3% | 21.2% | 18.1% | 20.7% |
| 不想失去自由和舒适的生活 | 17.0% | 25.5% | 21.9% | 31.1% |
| 没有找到合适的对象 | 31.0% | 46.2% | 35.1% | 51.3% |
| 不擅长与异性交往 | 11.9% | 13.5% | 7.0% | 11.6% |

（续表）

| | 男性 | | 女性 | |
|---|---|---|---|---|
| | 18～24岁 | 25～34岁 | 18～24岁 | 25～34岁 |
| **结婚资金不够** | **23.8%** | **30.3%** | **20.8%** | **16.5%** |
| 住房没有着落 | 6.1% | 7.6% | 5.2% | 4.5% |
| 父母和亲友不同意 | 4.8% | 3.7% | 10.4% | 5.5% |

出处：国立社会保障与人口问题研究所《出生动向基本调查》

**图表11–3　保持单身的理由（18 ~ 34岁，多选）**

此外，该调查还将认为“结婚有好处”的未婚者比例，按照职业来分类，从而显示出一个令人担忧的结果。从此数据可以看出，“正式职工”中男女比例都很高，与此相比，“短时工、零工”和“无业、干家务”反而降低。而且调查对象中非正式雇用的比例分别是男性14.4%、女性22.8%，短时工和派遣员工的比例有上升倾向，正式职工的比例有下降倾向。实际上，我们采访

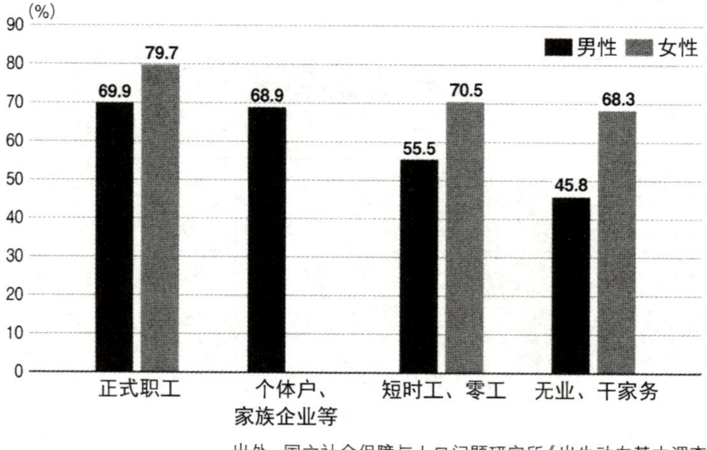


出处：国立社会保障与人口问题研究所《出生动向基本调查》

**图表11–4　认为“结婚有好处”的未婚者的职业比例（18 ~ 34岁）**

过的女孩和负责援助低收入人群的相关工作人员也纷纷表示，“低收入的人只能遇见低收入的人”“男女交往也出现收入的两极分化”，数据为这些说法提供了有利证据。在贫困状态下哀叹“无法结婚”的女孩，透过她们我们可以清晰地看到同样在贫困状态里挣扎的男性的身影（图表11–4、11–5）。

| | 男性 | | | 女性 | | |
|---|---|---|---|---|---|---|
| | 派遣工、返聘工 | 短时工、零工 | 无业、干家务 | 派遣工、返聘工 | 短时工、零工 | 无业、干家务 |
| 1982年 | | 2.4% | 3.2% | | 3.7% | 9.7% |
| 1987年 | | 2.1% | 2.7% | | 3.9% | 7.1% |
| 1992年 | | 2.1% | 2.3% | | 4.5% | 5.3% |
| 1997年 | | 7.7% | 3.3% | | 14.1% | 5.7% |
| 2002年 | 1.9% | 10.9% | 7.0% | 4.8% | 16.3% | 8.1% |
| 2005年 | 6.3% | 10.5% | 6.4% | 10.6% | 13.5% | 6.8% |
| 2010年 | 5.5% | 8.9% | 8.5% | 8.1% | 14.7% | 7.6% |

出处：国立社会保障与人口问题研究所《出生动向基本调查》

**图表11–5　调查对象中合同工及无业人员等人群的比例（18 ~ 34岁）**

## 鞭长莫及的单亲母子家庭援助，遗弃孩子的女性增加

在收集各种数据对年轻女性的贫困或者困窘进行整体分析过程中，尤其让我们担忧的是单亲母子家庭的存在。特别是孩子尚且年幼的单身妈妈需要时间照顾孩子，这就在雇用上受到很大限制，因此很难找到正式工作。实际上在采访时我们也发现，童年时期属于贫困或困窘状态的年轻女性大部分都来自单

亲母子家庭。

厚生劳动省发布的《2011年全国母子家庭调查结果报告》显示，全国单亲母子家庭大约有123万户，其中未与亲属同住的母子家庭有76万户。而且从她们的就业状况来看，虽然80%的人有工作，但事实上，短时工、零工等非正式就业占52.1%，为半数以上。母子家庭的平均年收入为223万日元，其中母亲在工作中所得到的平均年收入止步于181万日元。此外，因离婚而造成的单亲母子家庭，商定好抚养费的只有38%，现在仍在领取抚养费的家庭更是少得可怜，仅有20%（图表12）。

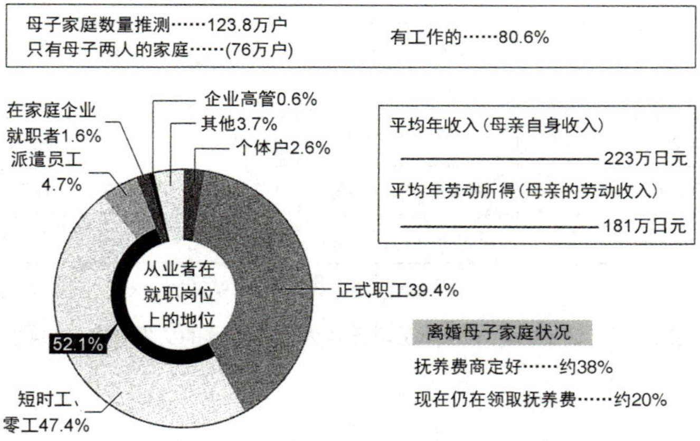


出处：厚生劳动省《2011年全国母子家庭调查结果报告》

**图表12　单亲母子家庭状况**

东京大学研究生院的白波濑佐和子教授在2010年提交给内阁府男女共同参与局的《关于生活困难男女的研讨会报告》中指出了单身妈妈的相对贫困率问题。该报告显示，从2007年的就业结构基本调查中分析得出，二十岁年龄层的单身妈妈贫困率为80%，也就是说，五户家庭中有四户的生活水平在贫困线以下。

还有一个数据也显示日本对于单身妈妈的援助不够到位。OECD总结的《Doing Better for Families》报告中分别比较了各国的单亲家庭中儿童的贫困率和母亲（或父亲）的就业情况。结果显示，在日本，母亲（或父亲）没有工作时的儿童贫困率为52.5%，而母亲（或父亲）有工作时的贫困率不降反升，为54.6%，在三十四个成员国中也是高得离谱。此外OECD的另一个报告《OECD（2014）Family Database "Child Poverty"》也显示，日本单亲家庭的儿童贫困率为50.8%，除了没有提供数据的韩国以外，在成员国中处于最低水平。这些数据是针对单亲家庭的，所以也包括单亲父子家庭；但是日本的单亲家庭中，母子家庭占85%以上，而且父子家庭的经济条件明显好于母子家庭。基于这种状况，将这些数据看作是主要体现了单亲母子家庭的实际情况也不为过（图表13–1、13–2）。

| 儿童（0 ~ 17岁） | | 单亲家庭 | | 双亲家庭 | | |
|---|---|---|---|---|---|---|
| | | 无业 | 有工作 | 无业 | 有工作（1人） | 有工作（2人） |
| 澳大利亚 | 11.8 | 67.8 | 6.1 | 50.8 | 7.9 | 1.0 |
| 奥地利 | 6.2 | 51.3 | 10.5 | 36.3 | 4.5 | 2.9 |
| 比利时 | 10.0 | 43.2 | 10.1 | 36.1 | 10.6 | 2.5 |
| 加拿大 | 14.8 | 90.5 | 29.6 | 79.4 | 28.7 | 4.1 |
| 智　利 | 20.5 | 87.2 | 37.6 | 32.8 | 27.2 | 5.8 |
| 捷　克 | 10.3 | 71.4 | 10.3 | 43.2 | 9.5 | 0.7 |
| 丹　麦 | 3.7 | 33.9 | 5.1 | 29.2 | 7.8 | 0.6 |
| 爱沙尼亚 | 12.4 | 94.5 | 29.2 | 75.4 | 16.3 | 3.1 |
| 芬　兰 | 4.2 | 46.3 | 5.6 | 23.4 | 8.9 | 1.1 |
| 法　国 | 8.0 | 35.8 | 14.6 | 18.1 | 8.7 | 3.0 |

（续表）

| 儿童（0～17岁） | | 单亲家庭 | | 双亲家庭 | | |
|---|---|---|---|---|---|---|
| | | 无业 | 有工作 | 无业 | 有工作（1人） | 有工作（2人） |
| 德　国 | 8.3 | 46.2 | 11.6 | 23.2 | 3.7 | 0.6 |
| 希　腊 | 13.2 | 83.6 | 17.6 | 39.2 | 22.1 | 4.0 |
| 匈牙利 | 7.2 | 30.8 | 21.3 | 9.6 | 6.5 | 3.1 |
| 冰　岛 | 8.3 | 22.9 | 17.1 | 51.0 | 28.8 | 4.1 |
| 爱尔兰 | 16.3 | 74.9 | 24.0 | 55.4 | 15.7 | 1.9 |
| 以色列 | 26.6 | 81.1 | 29.6 | 86.4 | 37.5 | 3.6 |
| 意大利 | 15.3 | 87.6 | 22.8 | 79.3 | 22.5 | 2.7 |
| **日　本** | 14.2 | **52.5** | **54.6** | 37.8 | 11.0 | 9.5 |
| 韩　国 | 10.3 | 23.1 | 19.7 | 37.5 | 9.5 | 5.3 |
| 卢森堡 | 12.4 | 69.0 | 38.3 | 27.4 | 15.8 | 5.3 |
| 墨西哥 | 25.8 | 48.2 | 31.6 | 68.7 | 34.7 | 11.2 |
| 荷　兰 | 9.6 | 56.8 | 23.2 | 63.1 | 14.6 | 1.8 |
| 挪　威 | 5.5 | 42.5 | 5.9 | 45.4 | 7.3 | 0.2 |
| 新西兰 | 12.2 | 75.7 | 14.0 | 68.6 | 9.3 | 1.0 |
| 波　兰 | 21.5 | 74.9 | 25.6 | 51.2 | 28.4 | 5.7 |
| 葡萄牙 | 16.6 | 90.2 | 26.2 | 53.2 | 34.3 | 4.8 |
| 西班牙 | 17.3 | 78.0 | 32.2 | 70.6 | 23.2 | 5.1 |
| 斯洛伐克 | 10.9 | 65.9 | 23.9 | 66.0 | 18.2 | 1.8 |
| 斯洛文尼亚 | 7.8 | 72.8 | 19.6 | 76.6 | 22.0 | 2.1 |
| 瑞　典 | 7.0 | 54.5 | 11.6 | 46.0 | 18.5 | 1.4 |
| 瑞　士 | 9.4 | 21.6 | | 7.6 | | |
| 土耳其 | 24.6 | 43.6 | 31.9 | 28.1 | 18.9 | 20.2 |
| 英　国 | 10.1 | 39.1 | 6.7 | 35.8 | 9.0 | 1.0 |
| 美　国 | 21.6 | 91.5 | 35.8 | 84.1 | 30.6 | 6.6 |
| OECD34国平均值 | 12.7 | 61.4 | 21.3 | 49.4 | 17.3 | 3.9 |
| 俄罗斯 | 20.1 | 56.0 | 24.5 | 57.2 | 29.8 | 15.0 |

出处：OECD,2011a,Doing Better for Families

**图表13–1　OECD成员国不同家庭形态的贫困率比较**

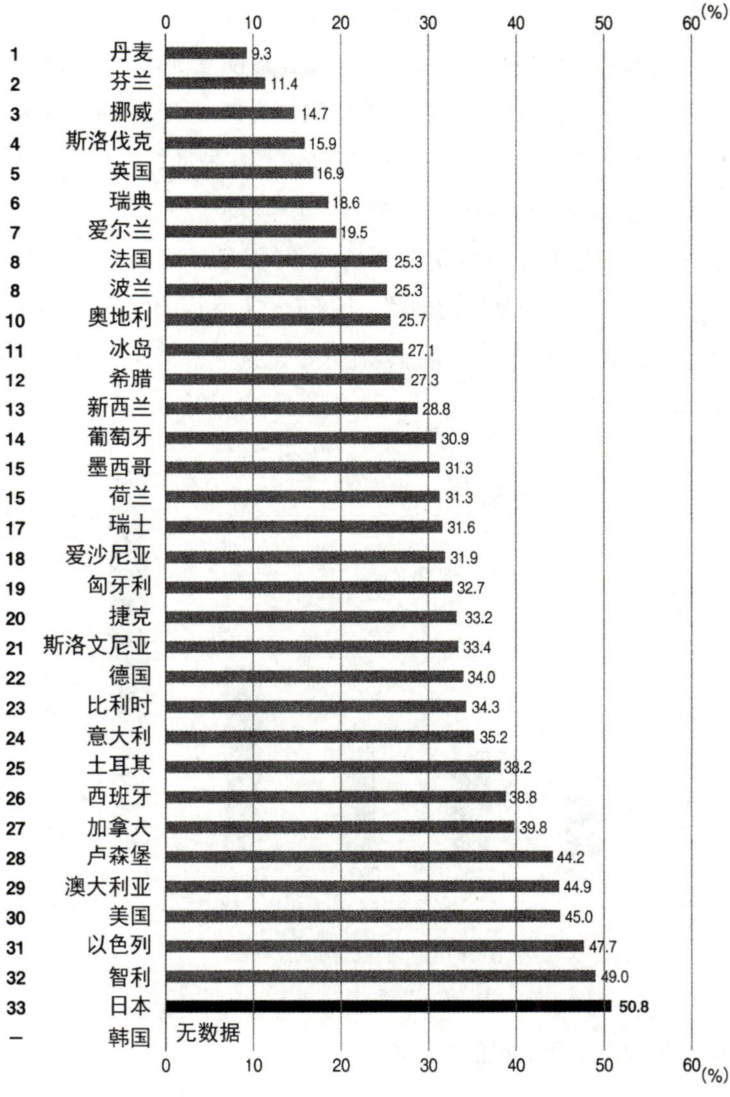


出处：OECD（2014）Family Database "Child Poverty"

**图表 13–2　单亲家庭的相对贫困率**

由于对单亲母子家庭的援助不到位，决定将刚出生不久的孩子送人的单身妈妈也在增加。从厚生劳动省统计的民间领养中介情况来看，2007年成功领养的案例为22个，2011年则猛增到127个。当然，这些案例中也许包含了各种动机。但是在实际采访中，的确有这样的单身妈妈：出生于低收入家庭，虽然怀了以结婚为前提交往的男朋友的孩子，但是最终没有结成婚。她说道："为了切断贫困的枷锁，让孩子过上幸福的生活，只能将孩子送给别人抚养。"经济因素在这里也投下了深深的阴影（图表14）。

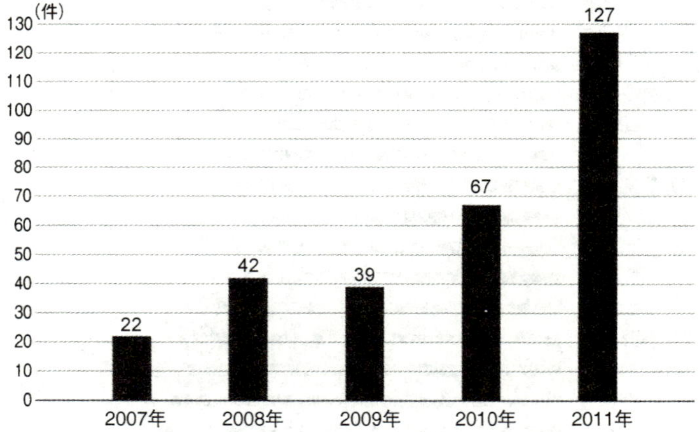


出处：厚生劳动省家庭福祉科调查

**图表14　领养机构成立状况**

## 低保领取阶层所展现的贫困固化

年轻女性不仅是今后社会的重要支柱，而且还将是未来一代的母亲。但是，不知不觉包围着她们的"贫困"和"困窘"与雇用环境的变化等相互作用,造成了根深蒂固的桎梏。

关西国际大学的道中隆教授曾在2007年写的《低保领取层的贫困状况——低保户的贫困固化和代际传递》论文中,报告了关于大阪郊区城镇低保户中产生的贫困连锁效应的调查结果。该论文指出,领取低保的户主中有25.1%自己也在领取低保的家庭长大。这种情况在单亲母子家庭尤为显著,成为调查对象的106户家庭中,有43户继承了低保。其中最值得关注的是最终学历:这43户中有31户,即72.1%是初中毕业或高中退学。

此外,厚生劳动省援护局保护科的调查也表明,贫困与孩子的教育有着直接关系。例如,从出生在低保家庭的孩子的升学情况来看,2010年到2013年的高中升学率在87.5%到89.9%之间,与全国高中升学率相比,相差10个百分点左右(图表15)。

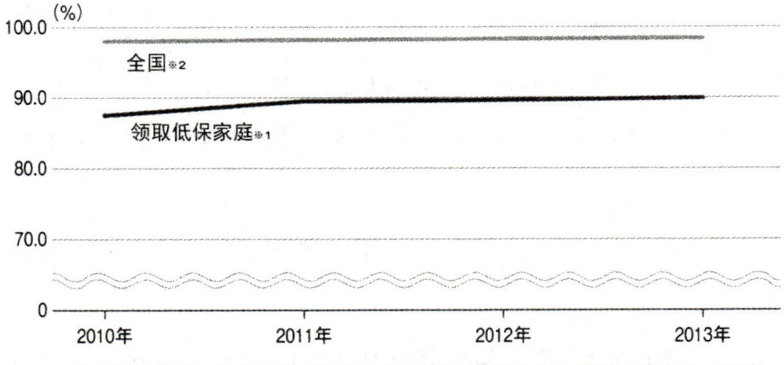


※1 厚生劳动省援护局保护科调查(2011年度除去东日本大地震受灾区岩手、宫城和福岛各县)

※2 学校基本调查

图表15　领取低保家庭的高中升学率

综上所述,儿童的贫困有很多是从上一代,特别是从单亲母子家庭继承过来的。迄今为止分析过的各种数据显示,思考今后应对成为人母的年轻女性中广泛存在的贫困和困窘等对策时，仅凭借一项措施是绝对不能解决问题的。

最后，借此机会向在此次分析中给予我们大力协助的一桥大学研究生院经济学研究科的川口大司教授以及孙亚文表示衷心的感谢。

## 数据出处及引用文献一览表


- 总务省《2012年就业结构基本调查》
- 厚生劳动省《2013年工资结构基本统计调查》
- 《解除男女薪资差距的道路：关于统计差别所体现的企业经济不合理性》
- 山口一男（芝加哥大学教授、RIETI客座研究员）：
  独立行政法人经济产业研究所RIETI《Discussion Paper Series 07-J-038》
- 《OECD Economic Outlook 2013》
- 2013年内阁府《实现良好经济循环的政劳使会议（第2次）》
  根据东京大学研究生院经济学研究科吉川洋教授提供的资料
- 文部科学省和厚生劳动省《2012年大学毕业生的就业情况调查（2013年4月1日）》
- 文部科学省《2013年度学校基本调查》
- 独立行政法人日本学生支援机构：《助学金拖欠者的属性调查（2007年～2012年）》
- 总务省统计局《2010年国情调查》

- 国立社会保障与人口问题研究所《第14回出生动向基本调查》
- 厚生劳动省《2011年全国母子家庭调查结果报告》
- 《关于生活困难男女的研讨会报告：就业结构基本调查和国民生活基础调查特殊统计》
  2010年3月内阁府男女共同参与局
- 《OECD,2011a,Doing Better for Families》
- 《OECD(2014)Family Database“Child Poverty”》
- 《低保领取层的贫困状况——低保户的贫困固化和代际传递》
- 道中隆2007年8月:《生活经济政策》

# 后 记

## ——在人生起点就已被剥夺“梦想”与“希望”的社会

本书包含了以下四个节目中没有介绍的采访内容：2013年2月播放的《早安日本：不被期待的妊娠——女性们的现实》、同年7月地方台播放的写实纪录片《她们的分娩——2013年某母子宿舍日志》、2014年1月《Close-up现代》的《看不见明天——越来越严重的年轻女性之贫困》以及同年4月份NHK特别节目《女性贫困——代际传递效应》。

不管主题的设定如何，在制作节目过程中，我们听到了许多触动人的“心声”。报道类节目在直播新闻中排序靠后，从某种意义上来说，我们的作用就是尽量网罗那些在一般新闻播报中听不到的“心声”。这样说一点也不夸张。这些话语有的成为奔波采访的工作人员的动力，有的后来则成为节目的核心内容。

前言和第一章里介绍的一边在早上的便利店打工一边上函授高中的十九岁女孩，正是她的心里话对工作人员起了推动作用，并成为了节目的核心。“我哪里还有什么理想啊，如果可能的话，那就是摆脱现有的困境，过上不为吃穿发愁的生活吧。”她以一种无望的表情说道。因此我们决定要剖析现今的社会状况，挖掘是什么让一个十九岁的女孩不得不用这样的口吻说话，这个念头成为了工作人员进行采访的推动力。

于是浮出水面的是，上一代的贫困向下一代代际传递，并形成阶层固化，其中以年轻女性所受的影响最大。

此外，在节目制作过程中，我个人也听到过一直令我念念不忘的箴言，那就是主持人国谷裕子所说的话。到今年夏天，《Close-up现代》的播放次数已经超过3 500次，在正式开播的前一天，我们经常会与国谷主持人一起进行试播和讨论。每一次的主题都不一样，3 500次的播放就是在阅读庞大资料的国谷主持人和采访记者的讨论中一次又一次积累起来的。在这个被称为“前日试播”的场合里，由于讨论深度的加大，有时候节目的定位会突然改变。我参与这个节目已经十年了，“前日试播”的紧张感一点也没有减少。

《看不见明天——越来越严重的年轻女性之贫困》的“前日试播”也是一样，我们讨论了很多问题，如对于贫困问题的历史视野是否过于狭隘？剖析问题的力度是否还太薄弱？是否过于袒护采访对象……

“回想起自己的过去，十几岁到二十五六岁之间正是充满了梦想与希望的时期。即使是遇到不开心的事情，也可以与朋友互相倾诉，嘻嘻哈哈笑得很开心。那是人生中最为闪耀、最为辉煌的日子。在这个可以说是人生起点的地方，究竟是什么样的社会，让女孩子们失去了梦想与希望呢？”

原本应该是最耀眼的时代，在人生起点就已被剥夺“梦想”

与“希望”，这到底是什么样的社会呢？怎样做才能使她们重拾梦想与希望呢？早晨在便利店打工的十九岁女孩，利用助学金升入幼师专科学校。开学仪式的前一天，她一改往日的表情，开朗地说道：“今后我必须用功学习。我会和朋友们一起互相鼓励、开开心心地度过每一天。”就连近半年来一直跟踪采访的记者也是感慨万千。

虽然中学毕业后一直生活在极度艰苦的环境中，但是她仍旧凭借自身的努力勇往直前。最后，我们以她说的“抱着总有一天我们能过上好日子的信念，又开始夜以继日的劳动”这句话结束这期的NHK特别节目。

节目播出后，我们受到了长期以来一直从事贫困问题研究的专家人士等的严厉批判。“不是有利用低保等必要的援助来进行生活重建的方法吗？”“想要通过个人的‘自助’来寻找对策本身就很奇怪。”

我们绝不是在礼赞女性的“自助”。但是，我们没能从多个角度具体地提出解决方法也是不争的事实。

如何才能让她们再次拥有梦想与希望呢？社会需要怎么做呢？这个疑问在系列节目结束后仍然困扰着我们。如今为了寻求这个答案，工作人员们又踏上了新的采访之路。

NHK报道局社会节目部总制片人　三村忠史

**图书在版编目(CIP)数据**
女性贫困 / 日本NHK特别节目录制组合著；李颖译.
—上海：上海译文出版社，2017.8(2025.6重印)
(译文纪实)
ISBN 978-7-5327-7532-3

Ⅰ.①女… Ⅱ.①日… ②李… Ⅲ.①纪实文学—作品集—日本—现代 Ⅳ.①I313.55

中国版本图书馆CIP数据核字(2017)第112271号



图字：09-2016-341号

**女性贫困**
[日] NHK特别节目录制组 / 合著　李　颖 / 译
责任编辑 / 范炜炜　装帧设计 / 未氓设计工作室

上海译文出版社有限公司出版、发行
网址：www.yiwen.com.cn
201101 上海市闵行区号景路159弄B座
常熟市文化印刷有限公司印刷

开本 890×1240　1/32　印张5.75　插页2　字数82,000
2017年8月第1版　2025年6月第15次印刷
印数：74,001—76,000册

ISBN 978-7-5327-7532-3
定价：45.00元